異世界でテイムした
最強の使い魔は、幼馴染の美少女でした
vol.2
JN044798
すかいふぁーむ
illust.片桐

湊かれん MINATO KAREN
遥人の友人。
実は有名なコスプレイヤー。
【調合】のスキルを持つ。
筒井遥人 TSUTSUI HARUTO
地味な男子高校生。
【テイム】のスキルで無双する。
日野恵 HINO MEGUMU
クラスのカーストトップ。
美衣奈の親友。
【ヒール】のスキルを持つ。
望月美衣奈 MOCHIDUKI MIINA
遥人の幼馴染。学園一の美少女。
【魔法強化】のスキルを持つ。

ロイス＝アイアード
エルムント王国の公爵令息。
文武両道・容姿端麗。
スキルには謎がある。
フィリア＝エルムント
エルムント王国の第一王女。
【鑑定】のスキルを持つ。

「なんだ……あれ……」

「ええ……」
「なんか……色々すごいね」

「恵からしたらかれんがメガネ外してるのも新鮮かもしれないわね」
「あはは」

CONTENTS

異世界でテイムした最強の使い魔は、幼馴染の美少女でした２

すかいふぁーむ

〔イラスト〕片桐

Jノベルライト文庫

——前回までのあらすじ——

地味な男子高校生・筒井遥人《つついはると》は、友人・かれんなどのクラスメイトたちと一緒に突然異世界に召喚されてしまう。

エルムント王国の第一王女、フィリアに出迎えられ、この世界の「災厄」を止める使命を果たすと元の世界に帰れると説明される。

混乱の中、それぞれに備わった特別な力「スキル」を調べていたところ、成長するにつれ距離を置くようになった美少女の幼馴染・美衣奈《みいな》のスキル【魔法強化】が暴走。最悪の事態を起こさないために、遥人は仕方なく自分のスキル【テイム】で美衣奈を従わせる。

元々遥人が好きだった美衣奈は、これ幸いにと遥人と行動を共にするが、遥人はテイムのせいだと勘違いしていた。

遥人に嫉妬した一部のクラスメイトにはめられ、皆から離れた遥人・美衣奈・かれんは三人での生活を始める。それぞれのスキルを活かしながら異世界生活を送る三人だったが、クラスメイトたちの妨害が入る。それを圧倒的なスキルで一蹴し、さらに裏の支配者であった王子ローグスをも追放。その戦闘の最中、必要に迫られかれんもテイムすることになるが、災厄の訪れはまだなかった——。

プロローグ

「……困った」

「そうですねぇ」

「遥人《はると》が考えなしにテイムするからよね」

森の中に見つけた開《ひら》けた広場で、美衣奈《みいな》とかれんと顔を見合わせる。

「ある程度は仕方なかったと思うんだけど……」

周囲に広がる広大な自然と、大量の魔物たちを前に頭を抱える。

最近は町の宿とこの森の一角が主な拠点になっているんだが……。

「グルゥ」

「ごめんな。毎日ふらふらさせて」

ライの頭を撫でる。

俺たちを囲むようにライだけでなく、レトやその仲間、ルル。

さらに楽園のダンジョンでテイムした大量の魔獣やオーガなど。

数が増えた使い魔たちが所狭しと周囲を囲っていた。

「どうするのよこれ」

美衣奈が呆れる。

まあ呆れるのも無理もないだろう。もはやここがダンジョンと言われても不思議ではないほどの魔物の数だ。

しかもそのそれぞれが中層のボスクラス以上の実力を持っているのだからなおさら異常性が際立つ。

「なんとかしないといけないけど……楽園のダンジョンがすぐそばにあるおかげかそんなに騒ぎになってないのが救いだな」

「騒ぎになっていないのはいいけど、さすがにそろそろ可哀想よね」

美衣奈がレトの頭を撫でてやると嬉しそうに寄り添っていった。そうなんだよなあ……。

こいつらの居場所は問題だ。

町を歩けないのは当然ながら、もはや森の移動ですら事前にギルドに伝えておかないと大規模な討伐作戦が立てられるレベルだと言われている。

まあ、ギルドと連携が取れているのは救いか。いやそれに甘えてどうしようもない段階まで放置されたという話もあるんだが……。

「こうなると王国と関係が修復されたのは良かったですねぇ」

「ほんとにな……」

「じゃなきゃ今ごろ、国を挙げて討伐に乗り出されてたわよ」

敵対していたのはローグス単体、ということで、基本的には王国とは良好な関係に戻っている。

おかげで使い魔たちに関する連携は問題なく取れているし、勇者として動けるようになったので色々助かっている部分が大きい。

この場所が非公認ながら使えているのもそのおかげだからな。

「王国に頼んで、この子たちのための場所をもらえないかしら」

「まあ実質この辺りの森は借りてるような状態だし、今のところむしろ感謝されてるからよかったけど……そろそろ考えるか」

「町の人がここのところ森が安全で助かるなんて言ってましたからね」

かれんが笑う。

楽園のダンジョンとカスクの町の間にあるこの森は本来、ダンジョンから抜け出た魔物たちや、それでなくても人間からしたら危険な獣たちが多く存在していたらしい。

それがレトたちのおかげでだいぶ数を減らしたようで、今は比較的安全だと周知されるようになった。

環境を保護するとかそういう観点でどうかはわからないものの、まあ町の人にもギルドにも感謝はされているからいいということにしてある。

とはいえ、いつまでもこのままというわけにはいかないだろう。

「ちょうどフィリアさんに呼ばれてますし、ちょっと相談してみたらどうでしょう？」

かれんが言う。

「そういえばそうだったな」

フィリアからは定期的に連絡が来ているが、今回はわざわざ来てほしいとのことだった。

「わざわざ呼んだってことは、災厄について何かわかったのかしら？」

フィリアとの主な交流は災厄に関する情報交換。

俺たちからすれば災厄を倒せば元の世界に帰れるということだし、王国としても、災厄は国家存亡を左右する重要な情報だ。

逆に災厄もないのに勇者を召喚したとあれば、それはそれで他国から非難される原因にもなる。

俺たちはしばらくこの状況でも困らないと話しているので、災厄に関する情報をいち早く収集したいのはどちらかといえばフィリアたちだろう。

情報には期待できる。

「まあそれも、行ってみて確認するか」

立ち上がるとルルが頭上に飛んできて甘えるようにすり寄ってきた。

「ルル、竜車が引ける子を連れてきておいてくれ」

竜たちを束ねるのはルルの役割。

ライとレトもそれぞれ群れの長のようになっているので、基本的にはここに頼んでおけば安心だ。

「この子たちも一緒でしょ？」

「じゃないといじけますからね」

かれんが呆れたように笑いながら言う。

特にルルはそうだな……。

ライとレト、ルルに、竜車が引ける子たちを連れて、王都に向かったのだった。

◇

王宮の一室。会議室のような応接間でフィリアとヴィクトに出迎えられた。

「ようこそ。すみません、毎回お呼び立てしてしてしまって……」

「それはいいんだけど……大丈夫なのか？」

病弱が原因で第一王子ながら王位継承権をローグスに譲っていたヴィクト。

体調が安定しないのにいちいち出てきて問題ないのかと思ったが……。

「ああ。おかげさまで最近は動ける時間が長い。いずれにしてもそろそろ公務にも復帰しなくてはならないし、休んでばかりもいられないからね」

柔和な表情で笑う。

「カレン様のお薬のおかげで、お兄様はみるみる回復しています！　本当に皆さんには感謝してもしきれません……！」

そういえばそんなことを言っていた気がする。

相変わらずかれんの調合薬はおかしな性能だな……。

回復薬は当然のように市販品のクオリティを大幅に超えてくるし、ステータスにバフをかける類いの薬も大量にある。ドーピングみたいだが、特段後遺症がない……なんというか、栄養ドリンクの超強化バージョンみたいなものを作り出している。

【鑑定】も薬でできるようになっているし、本当にとんでもない。【調合】のスキル一つで無限にスキルを増やしているような状況だ。

「遥人くんが何を考えているかなんとなくわかりますが、絶対遥人くんのほうが規格外ですからね」

ジト目でかれんに睨まれる。

「一緒よ。二人とも」

「美衣奈が一番とんでもなかったんじゃないか……？　少なくともクラスで圧倒的だったのは美衣奈だし」

美衣奈も相変わらずこの世界では圧倒的な魔力量を有しているし、俺も俺でまあ、テイムした恩恵でどんどんステータスは上がっていた。

「あはは……。三人とももはやとんでもないですが……というより、私のスキルの意味が……いえ、元々確かに、勇者様たちに敵うはずもないんですが……」

【鑑定】スキル持ちとして重宝されたフィリアからしたら、調合した薬でスキルをまるまる使えるようになるかれんがいると立場がないだろうな……。

一応熟練度の差とかは出るみたいなんだけど。

「うぅ……まあそれはそうと……。今日お呼び立てした理由をお話ししましょう」

一度は落ち込んだがすぐケロッとした表情でフィリアが言う。

「ここからは私から話そうか」

フィリアの言葉を引き継ぎ、ヴィクトが話を始めた。

「実は困ったことになっていてね。未だローグスの失脚は公にしていないんだが、それでも噂は広まる。特に国家にとって重要な役割を担う人物たちの間ではもはや、公然の秘密と化してしまった」

「まあ王宮にいれば大体わかるだろうし、仕方ないと思うけど……」

ローグスが幽閉されているかどうかはともかく、少なくともこれまで当たり前に出入りしていたところから姿を消しているわけだからな。

それだけで噂は広まるだろう。

これは別に、ヴィクトに落ち度があったわけではないだろう。

「お気遣いありがとう。だが本題はここからだ。私に王位継承権が移ったことに気づいた者たちがいる。そこまではいいのだが……いかんせんローグスと比べて私は目立った何かがないどころか、病弱であることは知れ渡っていてね」

「あー……」

話がつながってくる。

「恥ずかしながら、いくつかの貴族たちの動きが不穏なんだ。特にアイアード公……私の叔父にあたる公爵だが、明確に敵意を向けられている」

「叔父ってことは……」

王太子の叔父……つまり国王の兄弟か。

要は王族だ。

「アイアード公爵自身はもちろん、彼の跡取りまで一応、王位を継承できる可能性がある。そしてその跡取りもまた問題というか……いや、問題ではないんだけれど、ロイスと言ってね。非常に優秀なんだ。人気も高いし、まさに非の打ちどころのない逸材だ。私としては譲ってもいいくらいなのだけど、流石にそれでは色々と示しがつかなくてねえ」

「なるほど……」

その立場なら確かに。ローグスが失脚してすぐ、そのままヴィクトが次期国王の座に返り咲くのは面白くないんだろうことはわかる。

とはいえそのまま譲るには、ヴィクトの立場が強すぎる。

本来ローグスよりも王位継承権が上位だった王子だし、一度復帰を決めた以上簡単に譲れはしない。というより、元々その権利があったヴィクトはともかく、それ以外に譲る譲らないの話をし始めたら色々巻き込んで混乱するだろうから、ここは押し通す必要があるだろう。

「とりあえずアイアードって公爵が問題なのは分かったけど、どこにいるんだ……？」

「王都の北に領地を構えている。さらに言うなら……楽園のダンジョンがあるあの森は、そのままアイアード公爵領につながっている」

「そうだったのか……」

フィリアが地図で示してくれるのを見るに、カスクの町は領内ではないようだが、もしかするとライたちの活動範囲がつながっている可能性はあるというわけだ。

まあそれはいいとして……。

「で、わざわざそれを私たちに伝えた理由って……」

問題はこっちだ。

美衣奈がヴィクトとフィリアを見る。

要するにこの件に引っ張り出されるってことなんだろうけど……。

「一方的に協力を求めるわけじゃない。君たちは今、あの森に多くの魔物たちを残しているんだろう？」

「そうだけど……」

「あの森を君たちに預けたい。本来なら森なんて渡されても困るだけだろうけれど……君たちなら話が変わるだろう？」

「森を……？」

美衣奈がいぶかしむが、意図は伝わる。美衣奈もわかっているんだろうけどな……。

「正式にあの森に魔物を置いていいってことか」

俺の言葉にフィリアが反応する。

「ただ森をお渡しするわけではなく、森を開拓し新たに町を興《おこ》していただきたいのです。王家が全面的な協力をお約束します」

「おお！」

かれんが声をあげる。

「領主じゃないですか！　やりましたね遥人くん」

「いや……」

かれんが俺の腕を摑んでくるが、そんなに単純な話じゃないはずだ。

「開拓って言っても何したらいいかわからないだろ」

「というより、森の状態でもらってどうするのよ」

美衣奈の心配ももっともだ。

「それについてはご安心を。優秀な人材をお貸ししますし、皆さんの力があればあの森はただの森ではなく、立派な領地になるはずです。必要とあらば連れていく人材は登用していただいても構いませんから」

フィリアがニコニコとした表情で告げる。

確かに今の俺たちにとってはありがたい申し出かもしれない。

実はメフィリスのところに行けば金もある。

いずれにしても土地がないと使い魔たちが不便していたのは事実だ。

とはいえ……。

「取引って言うくらいだし、アイアード領地と隣接するってことは俺たちは監視役か？」

「そうだね……もっと言うなら、有事の戦力でもある」

ヴィクトは穏やかな表情はそのままに、そんなことを言う。

「そう言われてあっさり頷けないだろう……」

「そうだね。でも、これは言っておかないとフェアじゃないだろう？」

俺の言葉にも笑顔を崩さずそう答えた。

病弱とはいえ弱腰なわけではない。このあたりの強《したた》かさとかが、ヴィクトがもう一度王位継承権を戻された理由でもあるんだろうな。

「遥人くん、どうしますか？」

「俺が決めるのか」

「そりゃそうでしょ？　私たちは遥人の使い魔なんだから、ご主人様の言う通りにするわ」

ニヤッと笑って美衣奈が言う。

わざとご主人様を強調してくるあたり悪意を感じる。

「はあ……。まあ他に選択肢はあんまりないか。どのみちあの森で使い魔を放ってるのは同じだ。巻き込まれる可能性はぬぐい切れないし……」

自分に言い訳するように考えをまとめていく。

実際問題、この話を断ってもできることは限られている。

なんせあの数だ。移動だけでもとんでもないことになるし、かといってこのままあそこにいたら王都とアイアード領の争いに巻き込まれる可能性がある。

だったら最初からアイアード領の出方を見られるようにして、堂々と開拓を進めて防衛拠点を増やせるほうがマシだろう。

「受けるよ。その話。領地のことは色々手伝ってほしい」

「もちろんだ。領地には……フィリア、君はついていけばいいんじゃないか？」

「え……？」

ヴィクト以外、全員が驚いて口を開けている。

だがヴィクトは気にする様子もなくこう続けた。

「何人か優秀な人材、技術者なんかも用意しよう」

ヴィクトはそう言うと同時に使用人を呼び出して指示を与え始める。

「お、お待ちくださいお兄様⁉　私がついていくというのは……？」

「ノウハウがないと言っているのだし、適任だと思うがどうだい？　それにフィリア。君も知識はあれど、実際に領地を開拓して治めていくなんて経験なかなかできないし、いいだろう？」

「それはそうですが……ええ……」

困ったようにフィリアが兄、ヴィクトと、俺たち……特に俺を交互に見ながら考え込んだ。

「あの……ついていってもいいんでしょうか？」

「えっと――」

「やめたほうがいいわよ」

俺が何か言うより先に美衣奈が答えた。

「あう……やっぱり私なんかが皆さんと一緒にというのはよろしくないですよね……」

よくわからない理由で落ち込むフィリアに、美衣奈がこう言った。

「一国のお姫様が一緒に来るのは危ないわ。森なんて何があるかわからないんだし、それに一番危ないのは遥人だし」

「ええ……」

「だって、私だけじゃなくかれんもテイムしたんだから、フィリアにもしない保証はないでしょ」

「あれは止むに止まれぬ事情が――」

「とにかくやめたほうがいいわ。ねえ？　かれん」

「私ですか⁉　あはは……まあ……その……こうなってもいいなら止めはしませんが」

自分のことを指してそんなことを言う。

どうなったというのか……。

「えっと……」

助けを求めるようにフィリアがこちらを見てくる。

同時に美衣奈が俺を睨んでくるわけで……。

とはいえ今回は仕方ないだろうという視線を美衣奈には返して、フィリアに向き直る。

「ずっと一緒ってわけじゃないしまぁ……俺たちに色々ノウハウがないのは事実だし、知らない相手に来てもらうより頼りやすいとは思う」

そうだろうと念押しするように美衣奈を見る。

「それは……そうね」

渋々といった様子で美衣奈が引き下がった。

かれんも苦笑いしながら同意を示す。

受け入れてくれたと判断しよう。

というか別に、付いてくるからと言って何かあるわけじゃないのだからここまで心配しないでも……と思わなくはないが、口に出すのは藪蛇なのでやめておいた。

「というわけだから、お願いしたい」

フィリアにそう伝えると、目を輝かせてお礼を言われた。

「ありがとうございます！」

そのままフィリアも控えていた従者に指示を出す。準備を頼んだんだろう。

俺たちの話がひと段落したのを見ていたヴィクトも、従者への指示を切り上げて俺たちに向き直った。

「ああ、あとは……必要であれば勇者も引き抜いてくれて構わない」

「え……？」

「勇者……」

クラスメイトたちのことを思うと……。

「一度会っていかれますか？　せっかくですし！」

フィリアが目をキラキラさせながら言うが……。

「いや、やめとくよ」

「そうですか……」

わかりやすくシュンとするフィリア。

ヴィクトとフィリアに比べて、クラスメイトからするとこのスキル《ティム》への抵抗感は強い。

というより、俺に対する……かもしれないけど。

「遥人くん、今となっては見られ方も変わってるかもしれませんよ?」

「まあそれでも、なぁ……」

「いいじゃない。私たちじゃ足りないの?」

「そうではないんだけど」

そもそも足りる足りないではない。

まあ一応、これだけ言っておくか……。

「フィリアが森に来るとき、希望者は連れてきてくれてもいいから」

「そうですか⁉　きっと喜ぶはずです!」

それはどうかなと思いながら、美衣奈とかれんと目を見合わせる。

少し寂しそうな表情を見せる二人だが、仕方ないという割り切りも見えた。

相変わらず俺はテイマーで、美衣奈だけではなく、かれんまでテイムしているのだ。

しかもテイムの解除はできない。

不安になるのは仕方ないだろう。

「ボクは変にクラスメイトといまさら関わりにくいですし気が楽ですけどね」

「私は遥人がいればいいから」

かれんはともかく、美衣奈に関してはテイムの影響を大きく感じるだけに複雑だ。

これを言うとなぜかかれんまで否定してくるのでかれんも何かしら影響があるのかもしれないが……。

まあとにかく、二人にそんなことを言われて、ひとまずこの場での話は終わりとなったのだった。

「諸々準備もさせていただきたいので、皆さん久しぶりにこちらに泊まっていただければと思いますがどうでしょうか」

二人と目を合わせる。

フィリアだけで来るというわけにもいかないし、色々準備があるのは仕方ないか。

「私は構いませんよ」

「まあ泊まるだけならいいんじゃないかしら」

「では……！」

「ただ、クラスメイトたちの居住スペースからは離れたいな」

そう言うと、ヴィクトが笑いながら頷いた。

「もちろん。しっかりした部屋を用意させてもらうよ」

第一章　王宮の勇者たち

「恵《めぐむ》⁉　もういいの⁉」

宮廷の一角は召喚された異世界人……つまり遥人《はると》のクラスメイトたちのための場所として開放されている。

中庭のような空間だが、そこに久しぶりに顔を見せたのが……。

「あはは。ごめんね。心配かけちゃって」

日野《ひの》恵。

クラスの中心と言っていい存在だ。特に難波《なんば》や美衣奈《みいな》がいなくなったクラスにとって、日野の存在は大きかった。

影のダンジョンを攻略した際に多数の騎士団が亡くなり、ヒーラーとして参戦しながら何人もの死を目の当たりにした日野はしばらく部屋で寝込むことになった。

クラスメイトたちの前にも顔を出さず、しばらく過ごしていたのだが……。

「もうバッチリだから！」

まだ本調子ではない様子は誰の目にも明らかだが、日野の言葉を否定する人間はいない。

というより、クラスでも発言権の大きな日野の復帰を迎えて、どう立ち回るべきかお互いけん制し合っているという状況だった。

そのくらい、日野の不在は、クラスに大きな変化を与えている。

遥人たちが離脱してから、クラスの人間たちはいくつかのグループに分かれていた。

まずは難波を中心にカースト上位が集まった攻略班。

大きく目立たなかったものの運動部である程度能力に自信があった面々による準攻略班。

女子を中心に宮廷に残った生活班。

あとはなんとなくいずれにも入れず、鍛錬という名目で宮廷に残った面々……といった四グループだ。

攻略班は難波、秋元《あきもと》、日野が中心だった。

そしてこれは、異世界転移前のクラスでの中心と相違ない。変わっているのは美衣奈がいなくなっているだけ……だったが、日野が抜け、難波と秋元もいなくなったことで、クラスのカースト上位がごっそりそのままいなくなった状態が続いていた。

日野の登場からしばらく経って、ようやく一人、クラスメイトが日野のそばに駆け寄って声をかける。

「ダンジョン攻略、やっぱり大変なんだね……ごめんね、任せちゃって」

真っ先に日野のもとに来たのは原田理子《はらだりこ》。

日野たちがいない間にクラスのカーストは微妙な変化を遂げていたが、その影響を最も大きく受けたのがこの原田だ。

生活班の中心的人物として、現在のクラスでの発言権が最も強くなっている。

元々クラスで目立っていないとは言わないが、悪目立ちをするタイプでどちらかと言えば日陰者だった原田。

特に難波が毛嫌いしていたことからクラスでも大人しかったが、生活班として難波たちと行動を別にしたことが状況を一変させた。

女子生徒としては大柄で、ソフトボール部に所属していたためフィジカル面でも優れたステータスを有している。

裏で男子に名前をもじってゴリ子なんてあだ名をつけられるような存在だったが、ステータスで大きく上回る原田を前に男子たちが調子に乗れなくなったのだ。

発言力の強い生徒が攻略班、準攻略班に所属したこともあり、宮廷に残った周囲はより一層、フィジカル面のステータス的に逆らえない存在となった原田を持ち上げるような形になっていた。

ローグスは秋元を指してクラスの雰囲気をコントロールしていると言ったが、今クラスの雰囲気を左右する一人は、間違いなくこの原田理子だ。

「ごめんごめん。もうだいじょぶ！　それより私が寝てる間、まだあいつら帰って来てないの？」

あいつら、が指すのは難波と秋元。

二人は現在幽閉状態だが、クラスにそれを知る人間はいない。表向きはダンジョン探索に出たままということになっていた。

「今回挑んでるのって攻略難度八とか言ってたじゃん。大丈夫かなぁ」

原田が心配する素振りを見せるが、その動作に周囲がなんともいえない表情を見せる。逆らえないながらに原田に敵が多い理由。

自分を可愛いと思い込んでいる節がある原田の挙動はいちいち癇《かん》に障るのだ。

男子は露骨に目を逸らすが、当人が気にする素振りを見せないのが強みの一つだろう。

日野も復帰してすぐにクラスの変化を肌で感じ取っていた。

日野がどうポジションを取ろうか考え始めたところで、先手を取られる形で原田がこう言った。

「そういえば恵。美衣奈ちゃんのこと聞いた？」

「え？」

日野からすればあの日、事故に巻き込まれて失った親友の名前。

難波が転移のトラップを発動させ、それを遥人に押し付けた結果、三人のクラスメイトが奈落に突き落とされた。

安否は不明とはいえ、ほとんどもう死んだと思われていた。

そんな親友の名前が出てきて、日野は思考を一度止められてすぐに食いつく。

「美衣奈が見つかったの⁉」

親友の安否……。

ほとんど絶望していたとはいえ、せめて亡き骸くらいはちゃんと弔いたい。

もし万が一無事で、怪我がひどいなら、自分が命をかけてでも回復させたい。

そのくらいの気持ちだった日野だが……。

「この前ちょっとだけ、宮廷にきたよ」

「えっ……生きてたってこと」

「うん。あいつと一緒に」

あいつ、が指すのは遥人。

事故後すぐは、間接的ながら難波がクラスメイトを死に追いやったことで批判の目にさらされていたが、ローグスと秋元による印象操作もあり、今となってはやむを得ない事故だったという認識だ。

秋元曰く、誰だってあの状況なら混乱してどこかに投げつける。それがたまたま、三人のいるところにぶつかってしまっただけだ、と。

遥人のスキル、【テイム】が危険視されたことで、元々難波が余計なことをしなければよかったという話はいったん置いておかれたというわけだ。

そんな事情もあり、日野が親友の生存を喜ぶ時間はなく、原田が得意げにこう続けた。

「ほんっとに迷惑よねぇ。勝手に行動して突然出てきてさぁ……身勝手すぎ。美衣奈ちゃんだってテイムされちゃったままだし。怖いよねぇ……二度と近づかないでほしい」

テイマー、しかも人間をテイムできる遥人への風当たりは依然として強い。元を正せばこの空気は日野が生み出したものでもあるため、何も言えずに原田の言葉に曖昧に頷いてしまう。

「美衣奈ちゃんも変わっちゃったし……まあ湊《みなと》さんは元々ちょっと変わってたけど、怖いよね。テイムって」

身体をくねらせる原田に周囲の男子がなんとも言えない表情をしているが、本人は気にする素振りがない。

美衣奈の変化はテイムによるもの。

これは遥人ですらそう思っているのだから、クラスメイトがそう判断するのも無理はない。だが実際のところ、テイムにそこまでの影響力はないのだ。

この場でそれを知る人間など一人もいないし、原田ほどでなくとも遥人に対して忌避感があるのは他の女子も同じだ。

男子については、クラスのアイドル的存在である美衣奈を連れて行ったことでヘイトが高まっている。

ましで今回はフィリアまで同行したこともわかっているだけに複雑そうだ。

この空気感だと、美衣奈についての話をはじめても下手したら遥人に巻き込まれる形で美衣奈まで評判が下がりかねないと判断してこれ以上の言及は避けて口をつぐんだ。

「そっか……。三人とも生きてたんだ」

「うんうん。どうせなら筒井《つつい》だけは死んでてくれたら良かったのに」

生活班として宮廷に残った原田は人の死をまだ遠いものと思っている。

元の世界の感覚のままだ。

一方日野は、そのキーワードにすでに敏感になっていて、ここでも思考を一時止められた形になってしまう。

日野が復活してなお、原田の影響力が大きなままであるとクラスに知らしめるような、そんな会話になったのだった。

第二章　領地のための挨拶回り

宮廷からフィリアをはじめとした開拓のための人員と、彼らのための必要物資が竜車で運び込まれていく。

その様子を見ながらかれんがつぶやいた。

「この森が遥人《はると》くんのものになったと思うと感慨深いですねぇ」

「森が……かぁ」

「グルゥ」

「ああ、ライからしたら懐かしい顔もあるのか」

森で待っていてくれたライを撫でる。

元々ライは王国の騎士団に捕らえられていた魔物だ。

「捕まえられたって話だったけど、なんか友好的ね。この人たちは世話をしてくれてたのかしら」

「そうかもしれないな」

ライが元々獰猛な見た目の割に人懐こいのはこのあたりも理由の一つなんだろう。

そんなことをのんびり考えながら眺めていると、隣にいたかれんが騒ぎ始めた。

「二人ともなんか反応が薄くないですか⁉　領主ですよ⁉　土地持ちですよ⁉　すごいことなのに！」

「まあそう言われても……森だしなぁ」

見通しのいいこの場所はともかく、あとは本当に木々が生い茂るだけの土地だ。

元の世界でもこんな場所なら安かった気もする。

山を買った人が後悔している話とかニュースで見たことがあるしな。

フィリアには俺たちなら開拓ができると言われたものの、現状の木々が生い茂るだけの土地を見渡してもなんの感慨も浮かばないわけだ。

「森ですが！　今の私たちならここを平地にできますよ⁉　しかも王都からもそう遠くないって！　千葉とか埼玉の土地がただでもらえたようなものじゃないですか！」

久しぶりに聞く気がするな……その辺の単語……。

「まあそれはそうと、私たちは何をしたらいいのかしらね」

美衣奈《みいな》が竜車とそこから物資を運び込む人たちを見てつぶやくと、そこで指示を出していたフィリアが反応する。

「あ、それでしたらぜひやっていただきたいことが！」

フィリアがこちらに駆け寄ってきて続ける。

「本来なら皆さんは領主とその夫人という形なので、人を選んで指示を出すだけで構わないのですが……お三方とも、動いていただくことで圧倒的に開拓の速度があがります」

「夫人……」

フィリアの言葉を受けて、美衣奈が顔を赤くする。

「そこか……」

まあ確かに引っかかったけど……。

「そういえばボクらの立ち位置はよくわからないですよねー。夫人が一番周囲にはわかりやすいんでしょうね」

「かれんはいいわけ？　それで」

「んー。特に困ることはなさそうというか……。まあ遥人くんさえ良ければ」

かれんの言葉に美衣奈が頬を染めている。

まあ結婚だなんだと考えてしまうとそうなるんだが……。

「形式上そういうことになるのはいいのか……？　実態は別になんとでもなるから

なぁ……」

そもそもこの世界と元の世界で常識が違いすぎる。

一夫多妻の貴族社会と俺たちの常識が合わないからな。

「ボクは別に第二夫人でも第三夫人でもなんでもいいんですけどね。まあそれはお

いおい考えましょう」

かれんはあっけらかんと言うが美衣奈はかなり複雑そうにしていた。

まあテイムで好感度が高くなってるとはいえ、それとこれとは別、みたいな感じ

だろうしな……。

というかかれん、第二夫人はともかく第三はおかしくないか……？

いやまあ、いったん話を戻そう。

「フィリア、ごめん話を続けてくれ」

「わ、わかりました！　開拓にあたってまずは、この森に建物を建てられる場所を

作らなくてはいけません。美衣奈さんの魔法で辺りの木々を切り倒していただきた

いんです」

「そのくらいなら……」

美衣奈もすぐに切り替えたようで周囲を見渡す。

「ありがとうございます！　あ、木材はその後使うので可能な限り綺麗に残したいですが……」

「いいわよ。というより、後々のこと考えたら抜いたほうがいいわよね？　これ」

そう言うと同時に、美衣奈の周囲に巨大な魔法陣が展開される。

かと思ったら近くにあった大木の根本がボコボコと膨れ上がり……。

「はい」

美衣奈がそう言うと同時に、根元から木がごっそり抜けた。

抜けた木は倒れてくることなく、美衣奈の魔法で浮かべられている。

「すごい……流石ですね……」

フィリアが驚く。

いや俺も驚くというか……美衣奈の魔法はいつでもとんでもないんだが、それでもこうして目の当たりにするとやっぱりすごいなと思える。

付いてきてくれた人たちも目を丸くしていた。

「で、どうすればいい？」

「あ……すみません。あとはそれらを運んで加工……ですが、すべてミイナさんにやっていただくのは流石に効率が悪いですね」

「別にいいけど……ただ加工は私じゃダメよね」

抜くだけならともかく加工についてはわからないもんな。

「うーん……」

フィリアが考え込む。

「今回来てくれた人員は知識面はあるのですが、労働を支えるメンバーはこれからの募集次第なんですよね……いったんはどこかに積んでおいてもらう形になりますが、そちらの人員もすぐに集まると思いますので！」

まあ、直接王族が声をかけてくる面々だからな。

直接手を動かすこともちろんあるのだろうが、人を動かしたほうが全体として早かったりするのは理解できる。

そのうえで、この状況なら俺から一つ提案ができるな。

「フィリア。今回来てもらったメンバー、魔物のことは話してるんだよな？」

「……？　はい！　伝説の竜をもテイムする勇者の治める土地、と触れ回りましたから！」

　ドヤ、と胸を張るフィリア。

　なんか誇張されてるのは気になるがそういうことなら……。

「うちの魔物たちに手伝ってもらうのはどうだろう。抵抗がない人ならうまく指示を出してくれるんじゃないかと思って」

「それはいいアイデアですね！　確かに！　ハルト様の使い魔たちなら即戦力です！」

　言うが早いか、駆け出して行ったフィリアが付いてきてくれた人たちに声をかけに行く。

　うちの魔物たちが即戦力かはわからないが、少なくとも美衣奈が抜いた木々を運ぶだけなら問題なくできるだろう。

　うちの魔物たちはいったん今はこの開けた場所からは離れてもらっているが、呼び出しておこう。

　同時にフィリアが声をかけにいく面々に目を向ける。

　よくよく見ればついてきてくれたのは二十人くらいだ。それぞれ俺たちじゃわからない何かの専門家、とのことだった。

あとはまあ、当然フィリアもいるので世話係のような人間が数名はいる。

数名でいいのかという話もあるんだがフィリアがあまりそういうのに無頓着らしい。

「ハルト様！　ちょうどいいので紹介させてください。そしてハルト様の使い魔たちも彼らに」

フィリアの提案により、一度全員で集まることになったのだった。

◇

「なかなか壮観ですねえ」

かれんが言う。

「そりゃこっちのセリフだろう。大丈夫だとわかっちゃいてもこえぇぞ」

フィリアが集めてくれた人の一人、建築家のダランが言う。

同意するように周囲の人間も頷いていた。

まあレトたちを中心にとんでもない魔物たちに囲まれているからな……。

「頼もしくもあるけれどね。騎士団も伴わずに森に入ったわけだし、この子たちが味方でいてくれるのは」

宮廷画家、リーンが、レトの群れの一員を撫でる。

巨大なオオカミではあるものの、撫でられて嬉しそうに尻尾を振る姿は犬だ。

この世界に犬をペットにする文化があるかは知らないが、それでも付いてきてくれた面々を和ませるくらいには可愛い光景だった。

おかげで必要以上に萎縮することなく、それぞれ自己紹介を済ませて……。

「そもそも勇者様が三人もいるんだ。護衛はいらねえにしても、やることが山積みだぞ。なんせ何もねえ森に町をつくるんだからな」

「書類仕事は後回しでしょう。まずは我々が最低限住める環境を整えていかなくてはなりません」

「食糧の自給自足ができるまではカスクでの買い出しも必要だろう。商人との交渉が要る」

「農地の開拓も早いところ始めたいです」

集まった面々が自由に話し始める。

それぞれ自分の役割がしっかりとあるようで、それに向けて意見を出し合う。

それぞれが必要な人員や物資をあげていく。

各々自由にしゃべるので、まとめ役としてフィリアが活躍してくれた。

「優先度はつけなくてはなりませんが、勇者であるお三方のお力を借りられる部分は過去に例をみないスピードで開拓が進むはずです！　ミイナさんは大規模魔法をほぼ無尽蔵に撃ち続けられますし、カレンさんがいればしばらく医療の心配がないどころか皆さんもいつも以上に精力的な活動が可能かと！」

フィリアの言葉に信じられないものを見つめる表情を浮かべる面々。

「とんでもねえな……」

「まあ、それが勇者様ということなんでしょうね」

半ばあきらめたように受け入れられた。

さっきの美衣奈の魔法も見ているしな。

伐採だけじゃなく、農地の開墾も魔法があると全然話が変わると、農業のために連れてこられたビシッドも喜ぶ。

森の固くなった土をごっそり掘り起こせるからな……土魔法で。

農業用の魔法もあるらしいのでそれはあとで美衣奈とうちの使い魔の中でも魔法が使えそうなものに覚えてもらうことになった。

「大丈夫かな……」

「ギャウッ！」

やる気満々に返事をするのはホブゴブリンやゴブリンメイジ、ワーウルフあたりの中位以上の魔物。

魔法の才能についてはフィリアとかれんが鑑定で見抜いているので心配いらないが、教える側であるビシッドが冷や汗をかいていた。

さらに食糧問題の観点では真っ先に問題になる水も、美衣奈がいれば無尽蔵に生み出せるらしい。これも【鑑定】のおかげで飲めるものかどうかの判定も安心感があるしな。

美衣奈はいいとして、使い魔については他の場所でも色々活躍してもらうにあたって相性の問題があるかもしれないな。

この世界で人間が飼育する生き物は竜車を引ける地竜や馬くらいだ。

ゴブリンやオークあたりは戦力としても人手としても申し分ないのだが、共存するようなタイプの生き物ではないらしい。

いやまぁ、俺からしてもそうだったんだが、俺の場合そもそも竜を含めてよくわかっていなかった相手だし、なおかつテイムした使い魔たちの考えはある程度わかる部分もあってやりやすいんだけど。

まあとりあえず、これだけ言っておこう。

「他にも人手が必要な部分はうちの使い魔たちを使ってほしい。レトたちは周囲の警護や狩りができるだろうし、ゴブリンやオークはもう人手に数えていいと思う。魔法も使えそうなやつらは必要なところに割り振るからそこへ行ってほしい」

ワーウルフやオーガもそうだろう。

敵対すると禍々しい見た目に見えるが、こうも社会性の高さを見せつけられると印象が変わる……と信じよう。

元々群れで社会生活を営める魔物だし、二足歩行で手が使える。そして何より、人間より単純に力が強いから、労働力としては申し分ないはずだから。

「これ……もしかして俺らが指揮とらねえといけねえのか……」

ダランがオーガと目を合わせて天を仰ぐ。

オーガたちのほうは俺の指示とあれば彼らの下で働くことも抵抗はないとのことだった。

「まあ、困ったら言ってくれればいいから……」

体格差もある強力な魔物だし戸惑うのは仕方ないだろう。

何はともあれ、そんな調子で役割分担をして作業を開始したのだった。

◇

「で、私たちは結局町に来たけど……いいのかしら」

「あれ以上木抜いてもどうしようもなかったし、俺たちはこっちでやることがあるしな」

結局まだ何をやるかの段取りを組む段階では俺たちの出番は少なく、周囲一帯の木々を俺と美衣奈で根こそぎ抜いて回ったが、あれ以上はもう運ぶのも困難になっていたし置く場所もなかった。

かれんは栄養剤を配り歩いていたが、それも別に飲めば飲むほどいいというわけでもないからな。

「でも、私たちだけ宿で良かったんですかねえ」

かれんがベッドに腰かけ、足をプラプラさせながら言う。

「ちょっと気が引けるのは引けるけど……まあ俺たちも明日からやることだらけだから」

領地でテントを張って野営しながら朝からの作業に備えているメンバーもいるし、

魔物たちは夜も動ける面々が多くいたのであちらは今も開拓作業の真っ最中だ。

俺たちがこちらに来たのは、簡単に言うと宣伝のため。

すぐそばに領地を開拓しているから移住者や作業者に来てほしいという呼びかけのためだが、これは勇者という肩書を持つ俺たちが一番適任というわけだった。

「領地にいるのが魔物だけじゃ領地と呼べないしなぁ」

「私は別に良かったんだけど」

「いや……」

魔物に囲まれて三人で暮らすのはもうなんか……勇者じゃなくて魔王みたいになるだろうし、何より生活インフラはともかく、娯楽なんかは人が集まっていたほうが生まれる。

「まあボクもどちらでも良かったんですが。とはいえ、遥人くんが領主らしくやっていくという意味ではもちろん、人に来てもらったほうがいいですよね」

かれんは終始楽しそうだった。

「いずれにしても領地と認めてもらわないとライたちの居場所も困るし、そのためには人集めはしないとだよな」

ベッドに寝そべりながら言う。

ひとまず人手を……特に開拓のための作業人員を集めないといけない、ということらしい。

本来新たな土地を開拓するには人手が必要で、仕事が発生し、それがそのまま移住者という形で町が回るのだが、俺たちの場合状況が特殊すぎてこのままだとこの部分を無視して事が進むということで、フィリアから強めになんとかしろと言われている。

町ができ上がってからでも人は増えるかもしれないが、それではいつまで経っても領主やその周囲が主導しないと何もできない町になってしまうと言われた。

作業人員、と言ってもその中には技術者や商人、冒険者なんかも含まれるから、町に色んな楽しみも生み出せるとのことだ。

要するに人に回してもらえる領地にしないと、俺たちが望む自由な生活から遠ざかる、ということだ。

「ひとまず近隣の町を回って開拓者を集めていくって話だけど……」

「明日から楽しみですねえ。リサちゃんとかついてきたがるかもしれませんよ？」

「あー……」

今もお世話になっているこの宿の看板娘だ。まだ幼いが、この世界ならそういうことがあってもおかしくはないだろう。

宿であると同時に食事処でもあるので助かるな。

今日はゆっくり話す時間もなかったし何も言っていないいんだけど。

「これだけ長くいた町で、実はすぐそばで領主しますなんて言って信じてもらえるのかしら」

美衣奈が笑いながら言う。

もはやこの宿、小遊亭《しょうゆうてい》の常連になっている状況だし、確かに疑われそうではある。

「驚く顔が目に浮かびますねぇ」

かれんもいたずらっぽく笑う。

勇者として行動できるようになってからも、カスクの町では特段何も言っていなかったからな。

「まあ信じてもらえなかったら美衣奈に何か魔法でも撃ってもらおう」

「町が吹き飛びますよ⁉」

「言いすぎよ。それに加減くらいできるから」

かれんの軽口に美衣奈がツッコミを入れる。

「遥人くんも別に人が集まらなくてもいいから気楽ですねえ」

「別にそういうわけでは……」

いやそういうところもあるのかもしれないな……。

まあ何はともあれ、そんなこんなでその日は眠りについたのだった。

◇

「絶対行く！　小遊亭二号店作る！」

次の日、ひとまずおかみさんであるビリアと、その娘リサに軽く説明をしたところ、リサがこの状態になっていた。

「しかしまあ驚いたねぇ。まさか三人とも勇者様だなんて……失礼がなかったらいいんだけど」

「あはは。こんなにお世話になっていたのに失礼も何もないですよ」

ビリアの言葉を受けてかれんが笑う。

最初の対応からして俺たちが勇者とは思っていなかっただろうし、驚くのも無理はない。

とはいえ当のビリアはすぐに切り替えてこう言った。

「ならいいんだけどねえ。でも開拓っていうと相当な人数が必要だろう？　うちでももちろん声はかけて回るけれど、ギルドとかにも行ったほうがいいだろうねえ」

「楽園ダンジョンに集まってる冒険者にも話をすれば広まるよー！　たくさん集めよー！」

リサが一番ノリノリだった。

ビリアはいいのだろうか……。リサは多分元の世界で言えば中学生くらいにしか見えないんだが……まあその歳で独り立ちしていることもよくある世界だからこんなもんなのか。

今はとりあえず話を続けよう。

「ギルドか」

「あの情報屋さんとか手伝ってくれるかもしれませんね」

「あー」

楽園ダンジョンに入るために一度登録しに行ったカスクの冒険者ギルド。

あそこにいた情報屋はかなり俺たちを買ってくれていた。

領地経営に当たっての情報なんかももしかするともらえるかもしれない。

「ひとまず行くしかないわね」

「依頼として開拓に来てもらう手もあるんでしょうけど、今の領地じゃやることがないですもんねー」

本来の開拓は力仕事に加えてどうしても周囲の警護に戦闘力を求められるため、冒険者たちの間でもいい稼ぎ場になるのだが、うちの場合戦闘要員はあり余っているからな……。

そういう意味で、ギルドとどこまで連携が取れるのかは未知数だ。

今朝一応連絡に人が来てくれたんだが、レトたちをはじめ魔物たちはみんな張り切って夜通し作業してくれてるらしいし、ルルなんかやることがなさすぎてライとじゃれ合うように訓練を繰り返しているそうだ。

全員どんどん強くなるし、その恩恵が俺にも入ってきているのを感じていた。

「仕事を作ってあげるのも領主様のお仕事でしょ？　いっつもパパが言ってたよ！」

リサが言う。

おそらく歳下の少女から出る言葉に驚くと同時に、そういえば父親の姿を見ていなかったなと思っていると……。

「ああ、うちの旦那は冒険者でねぇ。たまに帰ってくるんだが基本的には出稼ぎさ。

もう本人の顔を見るより、届く食材を見る機会が多いんであいつの顔を思い出そうとしたらほら、今日は魚に見えてきたよ」

料理をしながらビリアが言う。

「この食材、旦那さんが……?」

かれんが尋ねると満面の笑みでピリサが答えた。

「ああ。うちの食材の半分……は言いすぎだけど、ある程度はそうだねえ」

「へえ。なんかいいですねー」

かれんがニコニコして言う。

「私もそろそろ食材の調達できるようになりたいんだけどなー」

「あんたは料理の腕を磨いときな。食材の目利きはやっと形になってきたんだけどねえ」

「卵料理はもう作れるから!」

「毎回卵泥棒し続けるのかい?」

ビリアに笑われてリサが膨れる。

とはいえ俺たちからすれば、もうこの歳で十分店の戦力になっているところも、食材調達……つまり冒険者としての活動も考えているあたりに何か感銘を受ける。

「しっかりしてますねぇ」

「元の世界のことを考えると、差がすごいわよね」

美衣奈が素直に感心する。

ここまで具体的に話ができているなら。領地になるあの森にリサが来ると言うのも本気なんだろうと思えてくるな。

「魔物に慣れているという意味では冒険者の移民は助かるだろうし、いろんなところに移動する冒険者たちに情報を撒いてもらう依頼なんかはしてもいいだろうな」

「リサもお店やるなら仕入れられる商人とかその護衛とか、建物作る人とか……お仕事たくさんさんできるよね？」

「そこまで考えてるのか……」

もうある程度リサに任せてもいいかと思い始める。

ビリアが後押しするように厨房から叫んだ。

「あたしのほうからも業者に話は付けとくし、使ってやってくれて構わないよ。何かあれば旦那もいるしねえ」

「助かる」

このあたりのやり方というか話は、一応フィリアにも聞いてから出てきてはいるんだけどいまいち理解しきれてなかったからな。

「まあまずはご飯たくさん食べていくことさね！」

ドンッと机にビリアの料理が置かれる。

相変わらず美味しそうだ。

ひとまず全員で食事を済ませて、目的のギルドやその他カスクの主要施設を回ったのだった。

◇

「……えっと、すごいな」

数日カスクに滞在し、色々手を回していたのだが、思いのほか皆協力的で町のいたるところに新領地に関する張り紙や立て看板を立ててもらえるようになっていた。

評判も上々のようで……。

「勇者様が領地を持たれたらしいぞ！」

「しかも今なら誰でも移住できるらしい」

「開拓を手伝えば仕事もいくらでもあるって話だ」

張り紙を見ながら話し合う町民たちの様子を見ながら四人で町を歩く。

四人、と言ったのはフィリアが合流したからだ。

「ふふん。それだけハルトさんたちがすごいということです」

「なんであなたが得意げなのよ……」

美衣奈に突っ込まれながらもフィリアは得意げな表情を崩さない。

「にしても、領主からしたら領民が出ていくのってどうなんだ……？」

「それについてはご心配なく。当然我々から補塡しますが、そもそも楽園のダンジョンの需要が下がったためカスクの周辺の町は現状、人が溢れつつあったのです」

「ダンジョンの需要……」

「異常発生する魔物の討伐、そして原因の究明が求められていたことで中級以上の冒険者が集まっていましたが、現在はまた一階層しかない特殊なダンジョンというだけで集まる初心者ばかりに。当然稼ぎが少ない初心者を相手に商売する人間は減り、色々と仕事も減っていたのです」

「それ、ほとんど遥人のせいよね」

「ええ……」

楽園のダンジョンの異常については魔道具のせいだった。

その問題を解決したのは確かに俺たちだが……。

「攻略が完了したわけじゃないし需要が完全になくなったわけじゃないだろ？」

「その通りです！　別にハルトさんたちが悪いわけではなくあるべき姿に戻ったというか……。周囲の住民からすれば確かに仕事の面ではデメリットがありましたが、安心感のほうが大きいですし！」

フィリアが大きな身振りで必死に弁明してくれる。

「あはは。まあ問題がないならいいんですが……」

苦笑いを浮かべるかれん。

ダンジョンに集まる人が減れば金の動きも仕事も減る……。そこに新領地ができて仕事が発生するのは周辺領主からしてもデメリットばかりというわけではない、ということだな。

「で、今日はフィリアも来てどこに行くわけ？」

「まさにハルトさんが心配していたことを解消するためです。いったんは王都からも使者を出して説明済みですが、改めてカスクの町を含む周辺の領主、リマン伯に挨拶です」

「え……」

「目的地を言わなかったのはわざとってわけね……」

「ふふ。緊張されるかなと思いまして」

フィリアが笑いながら言う。

「それは……いや、というより、こんな服でいいのか？　礼装とかわからないぞ」

「大丈夫ですよ。ハルトさんは領主になられますが、それ以前に勇者という肩書がありますから。勇者の服装はむしろ貴族社会にも庶民にも影響を与えるくらいです」

「そういえば……何やら私たちの制服みたいな衣装も町で見ましたね……」

「恵《めぐむ》あたりが来てたやつもあった気がするわ」

なるほどというかなんというか……。

そういう面がある程度免罪符になる勇者という肩書はこの場合ありがたいかもしれないな……。

マナーも何もわからないわけだし。

「むしろ緊張しているのはリマン伯のほうかもしれませんよ？」

いたずらっぽく、フィリアが笑う。

いやまあ、そもそもフィリア《王族》が来るだけでそうなるか……。

「言い方は悪いですが、本番はこのあと、アイアード公との対話になりますから。その前に同じような空気を味わっていただければと」

「なるほどな」

目的は理解できる。

ありがたいと言ってもいいかもしれないな。

「仕方ない。とりあえず行くしかないか」

「はい。大丈夫ですよ。リマン伯は人の良い方ですし、私も良くしていただいていますから」

「そもそも貴族と会うってだけで緊張するんだけど……いや宮廷でも会ってはいたのか」

「というより、そもそもフィリアさんが王族ですけどね」

「うう……私はあまり威厳はないので……」

「そういうわけじゃない⁉」

変な流れで俺のせいでフィリアが落ち込んだみたいになったので慌てて軌道修正する。

「リマン伯爵って人がどんな人かと、何を話せばいいか教えてくれ」

「わかりました！」

良かった。すぐ気を取り直してくれたフィリアが、意気揚々と解説してくれる。

「リマン伯爵はカスクを含むこの一帯を領土とする領主で、これから向かうのは領主が屋敷を構えるリアマドです。平地続きで王都からも近いのでリアマドと王都の交流は結構盛んなんです」

「カスクはちょうど中間……だったでしょうか」

「そうですね！　なのでここからは竜車で移動できます。あとはゆっくり竜車の中で話しましょう」

カスクの町を抜け、平地ではあるが荒野が続くエリアに出てフィリアが言う。

「竜車、用意してるのか」

「はい。本当は私から手配するつもりでしたが、ルルちゃんが張り切っていましたので」

「あー……」

フィリアはしばらく森にいたし、使い魔たちは町には入れないので一緒だったたわけだ。

その間に仲良くなった……というか、ルルがグイグイ主張したのが想像できる。

ライやレトも可愛らしい部分は見せるが、ルルは露骨に子どもなところを見せてくるし、人見知りとかもしないタイプだしな。

「そろそろ来ると思いますが……え……？」

地響きが伝わって来て、フィリアが固まる。

ほとんど同時に、上空から……。

「キュルルル！」

「ルル」

ルルが可愛らしい鳴き声と共に俺たちの元に飛び込んでくる。

「一応聞くけど、この地響きって……」

「キュルー！」

誇らしげに鳴いてるあたりそうなんだろうな……。

遅れてやってきたのは……。

「これ……何匹いるんですか」

群れを成してやってきた地竜たちだった。

「ぱっと見で百くらいですか……地竜ってこんなにいましたっけ」

「遥人、どうなってるわけ？」

「いや、俺も知らない……」

「キュル！　キュル！」

褒めろと訴えかけてくる。

「わかった。すごいのはすごい」

頭を撫でてやると気持ちよさそうに押し付けてくるのでそのまま撫でながら言う。

「いつの間に数増やしたんだ？」

「キュル！　キュルー！」

使い魔の考えはなんとなくは伝わる。特にルルに関してはつながりも深いからだいたいわかるんだが……。

「そうか……暇で楽園のダンジョンで仲間集めしてたのか……」

ダンジョンの構造が特殊なため、森から奥地に侵入できる。だからルルのようなドラゴンが一匹自由にしていても見る人間がいなくて騒ぎにならないわけだ。

で、こいつらもテイムしてほしいというわけだな。ルルに従って来ただけでまだ俺の使い魔というわけではないから。

いやまぁ、地竜はテイムなしでも人と共存してるくらい友好的で賢い生き物だから無理にテイムする必要はないのかもしれないが、ルルから強くテイムを勧められる。

「なんか、遥人くんにテイムされたくて付いてきたって感じしませんか？」

「そうなのか……いやまあ、そうなのかもしれないな……」

テイムは単純に仲間になるというだけでなく、メリットもある。野生の魔物たちにとってみれば、自分のステータスが上がることも、ルルを含めたこの勢力の庇護下に入ることもメリットだろう。

「いいんだな？」

一応確認をして、全員反対の意思がないようだったので手をかざす。

「【テイム】」

なぜか一番嬉しそうなルルを撫でながら、百を超える地竜たちを新たにテイムした。

ステータスの向上も感じる。

「おお……久しぶりに実感があるくらい一気に来ましたねぇ」

「流石に竜は違うわね」

「皆さん……なんかサラッと流してますが、竜百体って……というかこの子たち、一人一人が強そうですが……」

フィリアが言う。

確かに王都で見る竜より一回りか二回り大きい。

「ダンジョンの奥地から来てる分だろうな」

フィリアは唖然としていたが、美衣奈はあっさり話を進めた。

「竜車を引くにはいいいんじゃないかしら。ちゃんとルルも持ってきたみたいだし」

「キュル！」

当たり前だと言わんばかりに鳴いて、地竜たちに指示を出して竜車を持ってくる。

群れの中に隠れていた竜車も五つもあった。フィリアたちが来てくれたときに持ってきた竜車だけでなく、新たに作られたものも混ざっているようだ。

「すごいな……もうできてるのか」

「はい！　色々作ってもらっていますよ」

いつの間にか気を取り直していたフィリアが得意げに言う。

まあそんなこんなで無事、竜車と合流した俺たちはリアマドを目指す。

当然ながら地竜たちは一部……というよりほとんど領地に帰ってもらうことになったのだった。

◇

「ようこそ。ああ、勇者の皆様にお会いできるなんて光栄だ」

屋敷に到着し、応接間に通され、すぐにリマン伯爵が現れてこう言った。

わざとらしさすら感じるほど大きな身振りで感動を伝えてくる。

身なりの立派さと、片メガネに知的な印象を抱かせるが、それと相殺するような
オーバーリアクションだった。

「ご無沙汰しております。リマン伯爵」

「フィリア殿下。申し訳ありません、ご挨拶が遅れて……」

「いえいえ。勇者様たちのほうに目が行くのは仕方ありません」

「いやはや……どうにもミーハー精神が出てしまいますな。王都から近くとも、な
かなかお目にかかれるものではございませんので」

そういうものなのだろうか……。

俺からすると貴族と会っているというだけでやっぱり緊張感があるのだが……。

「私たちがアイドルとかプロのスポーツ選手にでも会ったときみたいな感覚ですか

ね？」

「あー……そう……なのか？」

小声で耳打ちしてきたかれんに返しながら考える。

確かに美衣奈なんかはそういうカリスマ性もあるだろうな。

「いやぁ、実はこの屋敷にも勇者様方のファンはたくさんいましてな。給仕も緊張しているようです」

「そんな大したもんじゃ……」

「何を謙遜《けんそん》なさるのです」

リマン伯爵がにこやかに言う。

その後もおだてられ続けるような会話が続いたかと思えば、話を変えても世間話が続いていく。

本題を避けているのではと思うほど色々と横道に逸れ続けて、フィリアからは王都の近況を、リマンからは領地の近況——周囲のダンジョンやら農作物の状況なんかを伝え合っていた。

事前に聞いていたが、すでに本題は伝達済みだし、貴族同士の打ち合わせはこういうものらしい。

むしろいきなり本題を切り出すほうが失礼に当たるというか、友好的に受け入れない姿勢を見せたように思わせるようだった。

なのでほとんどの時間は雑談を続けて、最後の最後に本題をパパッと話すとのことで……。

「おや……話が弾みすぎましたな。お忙しい皆様の時間をこれ以上取るわけにはいきますまい」

来た。

「今日お越しいただいたのはカスクにほど近い森に新たな領地が誕生する件だとか。喜ばしいことでございます。我々にできることはなんでもなんなりとお申し付けください」

「ありがとうございます。すでにお伝えした通り、移住者が多数出た場合は王都からも対応策を用意しますので」

「ありがたい限り、ですがお気遣いなく。立場が許すならば私も勇者様の治める領地に住まいたいものですからな」

そんなことを言って笑うリマン伯爵。

終始友好的なおかげでこちらも和めて良かった。

ただ、話はそこで終わらず、リマンはこう続けた。

「フィリア殿下が直々に指揮を取られているともなれば何も問題はないのでしょうが、もしもお手伝いできることがあればなんなりと。むしろそうですな……もしよろしければ、何名か私の従者や騎士団をお預けしても……？」

「従者を……？」

「ええ。後学のためにも。当座の忙しい時期をしのげるまでは書類仕事でも身の回りのお世話でもお申し付けいただければと思いますが、お邪魔でしょうか」

「邪魔じゃないけど……そこまでしてもらっていいのか？」

「もちろんでございます。お連れいただきたいのは若い衆、至らぬ点がないか心配なほどです。騎士団についても、警らに当たらせても、訓練を手伝わせても……勇者様方に稽古をつけていただけるのであれば最高ですし、そうでなくても学ぶものが多いかと思いまして」

なるほど。

まあ騎士団については結構わかりやすいというか……美衣奈や俺の使い魔たちのことを思えばいい訓練にはなるだろう。

従者が何か学びを得られるかはわからないが、こちらとしては勝手のわからない部分に即戦力の人手が増えるのは助かる……と思う。

フィリアがまとめてくれるなら信頼もできるし、信頼問題についてはなんなら、二人も【鑑定】が使えるので心配する必要がないとも言えた。

「願ったり叶ったりじゃないですか」

「そうですね！　ぜひぜひ連携できればと！」

かれんとフィリアが乗る。

二人が言うなら安心だろう。

「よろしくお願いしたい」

「ありがとうございます！　すぐに手配いたします！」

そばに控えていた従者の女の子に指示を出すと、慌ただしく部屋から飛び出して行った。

見送ったあと、リマン伯爵が振り返って言う。

「実は彼女も勇者様方のファンでしてね。ぜひ、連れて行ってやってください」

「いいのか……？」

「ぜひ。名前はサクハ。まだまだ未熟ながらもメイド長から期待される新人でございます」

にこやかに、優しい表情をしてリマンが言う。

「彼女も養子の一人ですか？」

「そうでございます」

「養子って……なおさらいいのか？」

俺の疑問にフィリアが答える。

「リマン伯爵は領内の孤児たちを何人も養子として庇護しているのです。あまり多い事例ではありませんが、領主自ら手を差し伸べられる可能性があるというのは、多くの孤児にとって希望になる。リマン伯爵に養子として引き立てられ、仕事を与えられ、各地で活躍されているんですよ」

「いやはや……多少は打算的な部分もございます。私は子宝にはあまり恵まれませんでしたからな。いずれ領地を引き継がせる子もまた、こうして見極めなければなりません」

そうだったのか。

子がいないとなれば確かに色々考えないといけないんだろう。

養子が領主の地位を継ぐケースもちらほらあるとは聞いているし、その延長線としては不自然な動きではないというわけか。

女領主というのもある世界だしな。

「もっとも今回の思惑は別でしょうが」

いたずらっぽくフィリアが笑う。

「流石フィリア殿下、隠し事はできませんな」

リマン伯爵も同じように笑って、二人で俺を見た。

「え……？」

「サクハさん、お綺麗な方でしたよね？」

「え、えっと……」

フィリアの言葉にどう返すべきか悩む。

横で美衣奈が睨んでいるから余計に……。

「ふふ。リマン伯爵の養子であるサクハさんがもし、隣の領地を治めることになるハルトさんと結ばれれば……リマン伯爵としてはこれ以上ない強固な友好関係を築けますから」

「なっ⁉」

思わず吹き出しそうになるのを必死にこらえて二人を見る。

「お送りするのはサクハだけではございません。もしお気に召されましたらご随意に」

「ええ……」

対応に困る。というか美衣奈が怖い。

隣を見られないくらいには怖い。

「ははは。まあそれはいずれ。ですがもしお役に立てそうであればそのままお世話になりたいほどです。従者として、我が子が勇者様の領地に仕えていることは心強いですからな」

「……とりあえずそれについては、ありがとう」

こう答えるのが精いっぱいだった。

その後も主導権を握られる形で色々と提案を受け、リアマドやカスクの商人や技術者をまとめるギルドなんかにつないでもらう段取りを取っていった。

とにかくリマン伯爵との話し合いは終始友好的に、むしろ終盤戦は友好的すぎて常に美衣奈が睨みつけてくるほどになったのだった。

領地運営が前に進んだことが良かったと思うしかないだろうな……。

◇

リマン伯爵との話し合いとその後のやり取りを終えてから、俺たちは一度領地に帰ってきた。

リアマドやカスクでつないでもらった人たちは皆勇者に対して好意的で、特段大きな問題はなく、順調に協力者が集まった。

リマンが送ってくれる人員の件については、準備に少し時間がかかるということらしい。

その間に俺たちは……。

「緊張するな……」

「大丈夫です。私たちが認めた新領主ですし、堂々としていればいいですから！」

本命である用事を済ませに、アイアード公爵家の屋敷にやってきていた。

応接間のようなところに通され、今は四人で待たされている状況だ。

フィリアがいるので基本的なやり取りは任せられるとはいえ、今回の相手は今までとは違う。

いろんなところに挨拶回りはさせられたが、やっぱり領主……貴族とのやり取りは慣れない。というより、リマンが特殊だったような気持ちが強い。

そして俺の立場を思えば、今回の相手はこれまでで唯一好意的でない相手と言える。

「しっかりしなさいよ、なんかあったら私が全部吹き飛ばしてあげるから」

「心強いのかどうなのかわからないな……」

美衣奈の雑な励ましにかれんが笑う。

まあいいか。なるようにしかならないな……。

ちょうどそうしていると、扉がノックされた。

「お待たせして申し訳ありません」

現れたのは白髪の男だった。

身なりというより、その所作一つ一つが身分の高さをうかがわせる。そんな人物だ。

「わざわざご足労いただきありがとうございます。私はシェル＝アイアード。王女殿下に勇者様方がお相手とあらば私のほうから出向きましたのに……」

「いえ。今回は我々がお伺いするべきでしたから」

立ち上がって対応するフィリアに習って俺たちも挨拶をする。

「まずはご紹介を。此度の勇者、その中でもとりわけ優秀なお三方です」

「お噂はかねがね……。ハルト殿、ミイナ殿、カレン殿でしたな。未踏破ダンジョンを攻略する実力を持たれているとか」

握手を交わしながらアイアード公爵が言う。

「よろしく頼む」

「ええ。末永く……。ご用件も把握しております。ダンジョンもほど近い危険な森を勇者様方のお力で開拓なされるとのこと。もちろん、隣接する領主として協力は惜しみません」

アイアードが笑みを絶やさずに言う。

低姿勢な感じだが、ここまで色々な人物と話してきたからわかる……隙を見せないようにしているだけで、これは好意的な相手の動作ではない。

それにリマンのときとは違う、いきなり本題に切り込むあたりも、隠す気のない敵意の表れと言えた。

とはいえ別に、それを糾弾できるというわけでもない。

「感謝いたします。とはいえアイアード公爵は王都での政務もありお忙しい。我々としてはお手を煩わせたくありません」

フィリアも丁寧に対応する。

態度こそ丁寧なものの、言ってることはようするに、お前は余計なことをするなということに他ならないからな……。バチバチだ。

「殿下に比べれば私など……。ですがそういうことなら、具体的に協力できる部分があればご提案いただき動いたほうがよろしいでしょうか」

フィリアが俺に目で合図を送ってくる。

頷いて、アイアード公爵に向き直ってこう言った。

「協力といっても、移住を希望する領民がいたら通してくれればってところなんだけど……。あとは魔物について、俺がテイムしている子たちに手を出さないようお互い気を付けられればと思っている」

「ふむ。勇者ハルト殿。貴殿は森中の魔物を支配下に置くほどの力を有しているとか。冒険者たちは完全にコントロールできないものの、我が騎士団は手出しをしないように厳命すると約束しましょう。移住者についてももちろん……。幸いにしてこの地は人も多いですからな」

ひとまず目的となっていた部分の言質は取れた。

ほっと息を吐くとかれんが笑いかけてくれていた。

あと一押しだな。

「冒険者たちについては、ここのギルドにも挨拶させてもらっても？」

「もちろんですとも。私のほうから手配いたしましょう」

「ありがとう」

よし。これでおおよそ俺の役割は達成された。

美衣奈もこの段階になってようやくよくやったという顔を一瞬してくれた。

あとはフィリアにパスしよう。

「領民が多いとはいえ真隣に勇者の領地ができるとなれば想定外の流出も考えられます。王都からも開拓への協力に対する謝礼の用意がありますが、このあたりの具体的な話をさせていただきたく」

「それはそれは。感謝いたします」

フィリアが書類をまとめてアイアード公爵に提示する。

このあたりはヴィクトを含め事前に王都側で準備していた話だろうし、聞いていても俺には半分くらいしかわからない。

まあ任せればいいか。

「堂々としてなさいよ。それが仕事って言われたでしょ」

「今後はこの手のやり取りのための人を雇えばいいって話でしたしね」

小声で二人が耳打ちしてくる。

確かにフィリアから事前にそうは言われていた。

まあできることをやるしかないだろうな。

こうして考えるとフィリアが結構すごいんだななんてのんびり考えながら、二人の会話を眺めて会談は終了したのだった。

◇アイアード公爵視点

「……舐められたものだな」

遥人たちが帰ったアイアード邸でそうつぶやく白髪の男。

葉巻をふかしながら窓の外を眺めてなんとか心を落ち着かせていた。

周囲には従者たちが緊張した面持ちで並ぶ。

「あれはヴィクトとつながりが深い勇者……王都で生活する多数の勇者と異なり、独立して動くはぐれ勇者……で、合っているな？」

遥人たちがいたときに見せていた柔和な表情は一切ない。

これが本来のシェル＝アイアードが持つ顔だった。

「は……」

従者が冷や汗をかきながらなんとか答え、手にしていた書類をアイアード公爵に手渡す。

再び壁際で直立し、従者は次の一言に怯えるように視線をさまよわせる。

アイアード公爵は外向きには穏やかな紳士を気取っているが、その内面は苛烈《かれつ》だ。

絶対的な完璧主義者であり、それは自身に対してだけでなく、領地経営全体に……つまり従者たちにまで徹底されている。

アイアードは、従者のミスを許さない。

同時に従者からの情報へは一定以上の信頼を置いていた。

「よろしい」

その一言に資料を手渡した従者はホッと息を吐く。

資料を眺めながらアイアードが紅茶に手を付けて続ける。

「ふぅむ……。わざわざこの領地の隣に勇者を……それだけで腹立たしいというのに……」

深呼吸して天井を見上げる。

必死に自分を落ち着かせているが、ローグス失脚からここしばらく、アイアード公爵の気が立っていない日は一日たりとも存在しなかった。

いくつもの理由が重なっているが、ローグスとアイアード公爵家は実は良好な関係でつながっていた。

お互い野心が強くプライドも高いため信頼関係があったわけではないが、少なくとも利害が一致する関係ではあったのだ。

連絡が取れなくなってすぐに情報集めに走り、おおよそ何が起きたのかもアイアード公爵は把握している。

「今さら出てきて何様のつもりだあの小僧め……」

アイアード公爵が小僧、と苛立ちをぶつけるのはヴィクトだ。

王太子だったヴィクトは、アイアード公爵にとって甥だ。幼い頃から知っているし、将来のために投資も行った。

だというのにヴィクトは突然、王位継承の辞退を決めた。目にかけて手を回してきたアイアード公爵にとっては裏切りに等しい行為であり、以降新たに王太子となったローグスに入れ込んだ。

ローグスの人格形成にも大きな影響を及ぼしたと言えるだろう。

そして用無しとなったヴィクトへは苛立ちを隠すことなく接し続けてきたわけだ。

アイアード公爵からすれば終わった存在と蔑《ないがし》ろにした相手が、突然また表舞台に戻ってきた形。すでに今の関係値を思えば関係修復は困難だ。だとすれば今アイアード公爵にできることは、ヴィクトをもう一度表舞台から引きずり下ろすこと……というのがアイアード公爵の思惑になる。

さらに言えば、引きずり下ろした結果空位となる王の座に、自分の手駒を置くことが、大きな目的だ。

そしてそのための駒が……。

「ロイス」

「ここに」

呼び出されたのは一人の青年。

このアイアード公爵家において唯一、公爵に意見することができる人物でもあった。

「どう思う?」

「心中お察しいたします。ですが人智を超える勇者が三名……いっそ協力体制をとっても良いのではないかと」

「本気か？」

「逆に……敵対して対応可能ですか？」

ロイス＝アイアード。

アイアード公爵の跡継ぎにして、王国内に名をとどろかす神童。

その中性的な容姿には男女ともに惹き付ける魅力がある。

他の人間がこんなことを言えばどうなるかわかったものではないが、ロイスだけは許された。

上機嫌にアイアード公爵が語る。

「何。勇者とはいえ一枚岩ではない」

紅茶の入ったカップを持ち上げながら、アイアード公爵が続ける。

「勇者はすべてで三十ほどいるというではないか。ローグス失脚の原因はまさにこれだ。勇者三人に勇者二人で挑んだと言う。馬鹿のすることだ」

そう吐き捨てる。

アイアードとて当然、残った勇者たちにまとまりを期待しきれないことは理解している。

吐き捨てたものの、ローグスがただの馬鹿ではないこともよくわかっているのだ。

そのうえでこの発言が出た理由は、目の前にいるロイスにあった。

「領地に来ていない勇者をすべて抱え込む。ローグスでは成しえなかったようだがな」

ロイスは何も言わず父であるアイアード公爵を見つめる。

「それぞれの勇者にもランクはあるであろうが、どんな小粒でも勇者は勇者であろう。敵は三名。行方不明者を除いても二十五も勇者がいれば抑え込めるだろう」

上機嫌にアイアード公爵は笑って、そしてロイスを見た。

「できるな？　ロイス」

「お父様がそうおっしゃるのであれば」

それだけ伝えて首を垂れる。

満足そうにアイアード公は頷く。

「領地は作らせてからで良い。その間に王宮の勇者たちを篭絡《ろうらく》し、準備ができ次第王宮を叩く。理由はなんとでもなろう。せっかくなら開拓が終わった領地ごともらい受けようではないか」

ロイス一人で実現可能だと、アイアード公が信じてやまない。それだけの実力と

実績がロイスにはあった。

これまでもアイアード公爵の都合のいいように王宮が動いた背景にはロイスがいる。

ローグスとの協力関係を敷きつつも、王宮に自身の息のかかった人間を何人も送り込んでいるし、篭絡してきたのだ。

勇者とはいえまだ幼さが残ることも良く知っている。

だからこそ……。

「楽しみだな。私のものになるというのにせっせと作る領地がどのようなものになっていくかも」

アイアード公は得意げにほくそ笑んで、勝利を確信していた。

第三章　自分たちの城

「おお……」

「すごいじゃないですか！　これが遥人《はると》くんのものですよ！」

バンバン背中を叩いてくるかれんの手を止めて改めて見る。

数日ぶりに戻ってきた領地は、もうずいぶん発展しているように見えた。

ただの森と広場だったのが、村と言えるくらいにはなっている。

「建物ってこんなに早く建つのね……」

美衣奈《みいな》の言葉を受けて、建築家として帯同していたダランが近づいてきて言う。

「いやあ俺も驚いた。やっぱすげえんだな、魔物のパワーってのは」

その声に合わせるように働いていたゴブリンたちがこちらを向いて笑いかけてきた。

すでにいくつかの建物は完成し、それに合わせて道もできている。

脇には畑と思われる場所や、一部鳥小屋なんかも作られていた。

「こいつらにも家を作ってやりてえんだが、要らねえって言うんでなあ」

ダランが働くゴブリンたちを見ながら言う。

まあ確かに、元々が野生の生活だからなぁ……。

「優先するのは人間用の居住スペースでいい。そもそもここを開拓したとして、一緒に住むなら少し考えないとだろうし……」

テイムのおかげか、ゴブリンたちもそれでいいという意思表示をしているのが伝わってくる。

「ならいいけどよ……まあ建物ができるのもはええが、それとおんなじくらい森が切り開かれてくのがはええ。やることはたくさんあるな」

言葉とは裏腹に楽しそうなダランがそう言いながら作業に戻っていった。

「キュルー！」

「ルル」

入れ替わるように飛び込んできたルルを撫でているとすぐにライもやってくる。

遅れてレトも来たが、レトたちは面白い変化があった。

「これは……」

「どーもっす。自分、ギルドの募集見て来たリッドって言うっす」

「ああ……よろしく頼む」

俺たちより少し幼いくらいの冒険者っぽい男の子が声をかけてくる。

それはいい。

順調に人が増えてるということだし、いいんだけど、リッドはレトが連れてきた仲間のオオカミに乗ってこちらにやってきたのだ。

ちゃんと見るとレト率いるオオカミ集団に騎乗しているのはリッドだけではない。

それぞれまばらに挨拶をしてくるので返しておいたんだが……。

「新鮮だな、誰かが乗ってるのは」

誰も背に乗せてないレトが甘えてくるので撫でながら言う。

「レシスさんの指示で自分たちこうして動けって……実は自分ら、獣人なんす。ほら」

髪で隠れていた耳を見せながらリッドが言う。

周りも併せて自分の獣人らしい特徴を見せてくれていた。

「そうだったのか」

「ねえ遥人、レシスさんのこと覚えてないでしょあんた」

「いや……」

誤魔化そうとしたんだが美衣奈にはバレていた。

かれんが笑いながら教えてくれる。

「レシスさんはほら、フィリアさんについてきた執事の方です！　フィリアさんがいない間は全体を見るって言ってましたよ」

「ああ！」

ようやく名前と顔が一致した。

何日かフィリアは俺たちと一緒にいたしそういうタイミングがあったんだろう。

アイアード公爵との会談後、そのままアイアード領で挨拶回りをするまで一緒にいて、今は戻って来てすぐだというのに書類仕事のためにできたばかりの屋敷に消えていったフィリア。

出迎えてくれたのもレシスさんだったな。

「まあそれはそうと、周辺の警護、暇じゃなかったか？」

言葉を選ぶのが難しくて結局雑な投げかけになってしまったのだが、気を悪くする様子もなくリッドが答えてくれた。

「あはは……この子たちがいれば確かに自分らは戦う必要はないんすけど、地図を作れって言われてて」

「地図か」

「はいっす。どこからどこまでをどう開拓していくかを考えるのにも使えるって言われて。で、ついでに警護もしてる感じっすね」

「なるほど」

色々進んでいるんだなと感心する。

一応領主ということなので感心するだけでいいのかという思いと、そっくりそのまま同じ思いを持ってるであろう美衣奈のジト目が気になる……。

まあ考えても仕方ないな。

リッドたちに活動のお礼を伝えたりしてやり取りを済ませ、その後も領地の様子を見て回りながら、俺たちもフィリアが入っていった屋敷に戻ってきた。

ライとルルはずっと機嫌よく俺たちの周りをうろうろしていたので一緒に来ている。

「それにしても、立派ですよねぇ」

「立派なのも驚いたけど、屋敷が俺たちの生活用ってのも驚いた……」

「自分の城ってやつですよ！　いいですねぇ、遥人くん」

上機嫌にかれんが笑う。

自分たちが住むというのに入るのに緊張するのもどうかと思うんだが、とりあえず中に入ろう……。

入ってすぐは広いホールになっており、左右に広がる形で廊下が、正面には階段がある。

フィリアがいる執務スペースは二階だったなと思ったらいつの間にかスッとレシスさんが現れていた。

「お疲れ様でございます。お館様」

「お館様……」

反応に戸惑っているとあっという間に荷物を預かられて先を促される。

ライとルルも中に入れるほど広いので一緒に入ったんだが、ホールより先は流石に狭くなるだろう……と思っていると……。

「ライ様とルル様、レト様については休憩所程度のものですが、奥にスペースがございます」

「そんなものが？」

「ええ。多数いる使い魔の中でも特別な存在とお聞きしておりますし、実際能力も抜きんでております。彼らの要望は極力叶える方針でございました」

「あー」

まあそれはそれでありがたいか。

ルルもライも、常に一緒にいられるとは思っていないが、なるべく近くにはいたいということでこのスペースができたわけだ。

そう考えるとちょっと色々と考えてもいいかもしれないな。

「殿下は執務室におられますが、そのまま向かいますか？　一度お休みなさいますか？」

「いや、このままフィリアのところに」

「かしこまりました」

先導するレシスさんについて行く。

その後フィリアと合流して細かい諸々の打ち合わせなんかを済ませて、俺たちはそれぞれに与えられた屋敷の部屋で一度休憩ということになったのだった。

◇美衣奈視点

「……まずいわ」

望月《もちづき》美衣奈は焦っていた。

「遥人、どんどんかっこよくなってってないかしら？　こんな大きな話が動いてても動じないし、大人っぽくなったというか……なんか領主らしい？」

遥人と行動を共にしていても一切態度に出さなかった美衣奈だが、内心ずっとこんなことを考えながら遥人を眺めていたのだ。

これがテイムのせいではないことは、美衣奈自身が一番よく理解していた。

テイムを言い訳に遥人とほとんど行動を共にしているというのに未だ関係性が進まない自分の強情さに嫌気が差すほどだった。

「このままじゃまずいわ……」

まずい、とつぶやいた理由は、自分が遥人への気持ちを押さえられるかという部分と、それと同時に……。

「いつまでもこんなんじゃ、遥人がどんどん遠くなる……」

拳を握りしめて考え込む。

力を入れた拳にはキラキラと魔力が漂う。

美衣奈の人並外れた才覚の証でもあるのだが、美衣奈にとって今この力は特段意味を持っていない。

少なくとも本人はそう考えている。

「……どうしよう。このままじゃ取られちゃうわよね……。領主になって、この世界じゃ結婚相手が複数いることも普通なんだし、遥人なんかその辺無頓着だし……」

自分たちの立場を決めるにあたって、夫人として扱われると聞いたときは一瞬ドキッとした。

だというのに、遥人は何も気にする素振りもなく、システムに乗っかるだけならいいと断言したのだ。

これでは美衣奈がテイムという免罪符を盾に迫ることも難しい。あくまで建前の結婚であって、実際は違うと言い切られるのだ。

「これで結婚……結婚の目的だって、この世界は子供を残すため……よね」

頬を染めて美衣奈がつぶやく。

感情が伝わるかはともかくとして、そういった進展は望めた可能性が大いにあったのに……。

「そろそろちゃんと伝えないとかしら……」

できるできないはともかく、そんなことも考え始める。

だがそうなるとそれはそれで問題が発生するのだ。

「あいつ……いつまでもこれがテイムのせいだと思ってるのよね……」

その状態を解消しなければ、おそらく遥人は美衣奈がどれだけ言い寄ってもあしらうだけだろう。

あくまでテイムのせいでそうなってしまったと判断して、美衣奈を受け入れない。

この美衣奈の予想は大方当たっている。

もっとも、遥人にとって美衣奈がどう見えているかという勘定が抜けてもいるので、正確な部分までは見抜けていないのだが。

遥人は現状でも、美衣奈がしっかり押せば押し切られるだろう。

そのくらいには美衣奈が魅力的に見えているのだが、そうは考えられないのも仕方がないだろう。

美衣奈も美衣奈ながら、遥人もそのあたりの感情をほとんど表に見せないから。

「テイム……最終的には解かないといけないのかしら……いやでも、この特別を手放したくない……」

解除方法がないわけではないのだ。

おそらくヴィクトの持つスキル【無効化】を少し応用するだけで解除はできる。

だがそれをしないのは、美衣奈なりのこだわりと……。

「テイムなしで遥人に甘えるのは無理……」

今ある免罪符を失いたくないという気持ちの表れだった。

「……かれんはきっとテイムなしでも変わらないんでしょうね」

羨ましい、と思う。

元の世界ではほとんど接点がなかった相手。

クラスの中心にいた美衣奈と、すみっこで大人しくしていたかれん。

学校生活での二人は対照的だったが、それでもかれんには無数の武器がある。

まず容姿、学外でインフルエンサーと言えるほどの支持者を集めるだけのその容姿を隠していた。眼鏡をはずして、周囲を気にしなくなったかれんは間違いなく美少女の部類に入る。

そのうえで……。

「あのおっぱい……ずるいわよね」

全くないわけではない美衣奈だが、かれんには勝てない。

自分の胸を持ち上げるように確認しながら自己嫌悪に襲われる。

「かれんだけじゃない……領主になったら遥人の周りはそんなのばっかりじゃない……」

リマン伯爵が養子であるサクハを送り出したように、新領主で勇者という肩書がもたらす影響力は美衣奈もよくわかっている。

この屋敷もおそらくそう遠くないうちに、遥人の夫人候補が増えていくだろう。

そうなったとき、自分は遥人の何番目になるのか。

今の時点ならむしろ、その中に入ることすら難しいのではないかと、枕に頭をうずめながら考え込む。

「うう……」

素直になれば解決するといっても、そうはできないのはこれまでの関係や本人の意志以上に……。

「受け入れてくれるかしら……素直になったところで」

この自信のなさが問題だった。

「これから屋敷で別の部屋で、バラバラの生活も増えちゃったりしたら……」

美衣奈の頭を悩ませるのはこの屋敷もそう。

そして勇者である自分たちが領地に貢献するとなれば、いつまでもセットで動き続けることが難しいというのも理解していた。

実際美衣奈は遥人と別で行動して領地の開拓……主に森を切り開く部分や、その後の物資の移動なんかに魔力を使って貢献したほうがいいとは思っていた。

かれんは【調合】で作ったものをおいておけば遥人と行動していても不都合はないだろうが、その点もまた、美衣奈がかれんを羨む一因になっている。

「どうしよう……」

誰にも聞かれることのない気弱な美衣奈の心はまだ届くことはない。

だがこのあと意外にも、美衣奈の目下の懸念事項は遥人により解消されることになる。

これが美衣奈の中で遥人の株をさらに上げることになるのだが、残念ながらその気持ちが遥人に伝わることはまだなさそうだった。

◇

「屋敷とは別で、生活のために家を建てようと思う」

改めて集まった面々を前に宣言する。

ずっと領地外に出ていた俺たちが久しぶりに戻ったということもあって主だったメンバーに集まってもらっていた。

最初にフィリアが連れてきてくれた面々だ。

建築担当ダラン。

記録担当リーン。

農業担当ビシッド。

他にも畜産や街道整備、鉱山や新たなダンジョンの探索なんかにも人が割かれているが、ダランとビシッドが大部分をまとめてくれているし、そのうえでレシスさんが全体をまとめてくれている。

そのほか警備を担当してくれる冒険者たちの代表としてリッドに来てもらったり、レシスさんのそばにはリマン伯爵の従者だったサクハなんかもいる。

結構な人数だが、会議室には余裕があった。

広さについてはまあ、場所だけはあるからなんとかなったんだろうな。

これだけ立派な建物が数日ででき上がったことは驚いたが……。

「家……ですか？」

フィリアが不思議そうな表情を浮かべる。

具体的には、ここでいいだろうという顔をしていた。まあごもっともなんだが……。

「申し訳ないんだけど、広すぎて落ち着かない……というのもあるんだけど、もう一個理由がある」

「なんだい？　気に食わねえとこがあるんなら直すぞ」

ダランが心配そうに言う。

「ああごめん。ダランが悪いわけじゃないんだ。これは俺のせいというか……」

言葉を選ばないと不安にさせてしまうんだな……。気を付けないと。

「ライたちのためのスペースを作ってくれてただろう？　あれはライ、ルル、レトだけじゃなく他の子たちにも必要だと思ってな」

「なるほど……他の子ってのがあれ全部って言うんなら確かに……」

魔物たちの数が数だ。

いったんダランは引き下がるものの、納得はしきっていない顔をしている。

ただこの話は続きがあるし、これを言えばダランはやる気を出してくれるだろう。

「実はダラン、俺たちの世界の家は、この屋敷にはない便利なものが山ほどあるんだ」

「何？」

目を光らせる。

狙い通りだな。

「広さは要らないけど、可能な限り再現してもらいたいと思ってて、いくつも新発明が必要だし、実験的に色々作ってほしい」

「言ってみろ！　何が作れるんだ」

ノリノリだった。

かれんが会話に入ってくる。

「遥人くん、異世界で普通の家作るんですか？」

「この世界、生活に困らない程度には色々あったけど、あと一歩ってのも色々とあっただろ？」

「そうですねぇ。個人の魔法利用が前提なので洗濯も実質手作業ですし……」

「美衣奈がいればその辺も何も心配いらなかったんだけどな、今までは」

美衣奈を見ると、なぜかぼーっとしていて反応に遅れていた。まあいいか。

現状、基本的には魔力に依存した家電のようなものはいくつもあるものの、やっぱり元の世界ほど充実はしていない。

しかも俺たちは宮廷……一番環境がいい場所にいてそれだった。町の人たちの生活を見ていると大変そうな部分がいくつもあるわけだ。

とりあえず思い出していく形で元の世界の家について、ダランに色々と説明していく。

にしても家か……。

領主になるよりよっぽど、家を持てるほうが現実味があるな……。

そしてこうして考えると結構ワクワクしてくる部分があった。

「ほう……電気ってのがお前さんたちにとっては大事だったわけか」

「ああ。大部分は魔力から変換して補えると思うけど、基本的に家にはガス、電気、水、あとは通信用の回線が備えられていた」

「こいつは一軒一軒に供給源があるわけか？」

「いや、大元の大きな施設から行き渡らせてた。電気と通信は上、ガスと水道は地下に……だけど、これはこっちの世界だと魔力で補えるから必要ないかも」

「水の流れはともかく、このガス、電気ってのがおもしれえ。ただ必要な場所が限られるわけだな」

元々この世界にも下水は整備されているし、水道から水も出ていた。

ガスは火や熱を生み出すものだが、基本的には魔法でカバーだ。

電気の行き先が多岐にわたっているから、それについての発明を進めてもらえばかなり快適になるだろう。

「エアコン……おもしれえ。空調を操る魔道具はこれまでもあったが、考え方が変わるぞ」

ダランがノリノリになる。

「今までは熱を出す魔道具、冷気を出す魔道具、ってだけだったがその術式を組み込んでおいて後から魔力を流す仕組みに変えて……魔力は中央から行き渡るように町を整備していくって考えだな……」

途中まで話すとダランはもう机に向かって色々書き出しはじめ止まらなくなってしまう。

まあおおよそ言い切ったしいいだろう。通信関係は簡易の電話程度だけ作ってもらえば後回しでいいだろう。

ひとまず快適に住むことを優先する。

「勇者のもたらす影響はいつの時代も大きいと聞き及んでいましたが……今理由がわかりました。強力なスキルを有しているだけではなく、ここまでの英知がおありとは……」

なぜかフィリアが感銘を受けていた。

「いや、俺たちがすごいというわけじゃないんだけど……というかこういう話は、王宮じゃ出なかったのか？」

そんなに長い期間いたわけではないが、生活が微妙に不便なタイミングは何度もあった。

誰かしらこういう話をしていてもおかしくないと思う。

いや、そうでもないのか……？

ほとんどの世話は使用人たちがやってくれていたことを思えばずっとホテル暮らしをしていたようなものだしな。

風呂も大浴場があって……と話していたら色々思い出してきた。

風呂は欲しい。

「これはダランじゃない人に動いてもらうか……。リッド」

「え？　俺っすか⁉」

冒険者だし地図を広げて行ってくれているなら適任だろう。

森の南、西にカスクやリマン伯爵領、東にアイアード公爵領が広がっているが、北は山脈地帯だ。

あちらに行けば温泉が湧いているかもしれない。

「鉱山のほうまで足を延ばせたら、あっちの様子を教えてほしい。もし火山とかあったら行くから」

「え？　火山になんか用があるんすか」

「温泉が湧いてたら引いてくる」

「温泉……すか。なんか変な匂いのするお湯っすよね」

リッドだからかこちらの世界がそうなのかわからないが、温泉に対する理解はあるらしい。

とはいえ利用するという概念があまりなかったようだ。

大浴場とかはあるんだけどそっちで使われてもいないんだよな。

「まあこれはあったら教えてくれるレベルでいいから」

「わかったっす！　それより山に行くなら鉱山の調査もっすね！　今はいないっすけど、鍛冶関係でも盛り上げられるようになるっす」

リッドがやる気を見せる。

地図を広げるついで程度の話かと思ったけどそうか、鉱山自体にも価値はあるな。

「鍛冶でなくとも、鉱脈が発見できれば大きいでしょうね。低難度のダンジョンや鉱脈が発見されるだけで地域の潤い方がガラッと変わりますし」

フィリアが言う。

鉱山地域は楽園ダンジョンの最奥と隣接していて今まで人が踏み込むことがなかったという話も聞いていたからな。

開拓が進めば可能性はあるんだろう。

「危なそうなら無理はしないでほしい……というか、危なそうなら俺たちが行きたい」

「随分積極的ね」

美衣奈が俺に言う。

まあ確かに俺にしてはそうかもしれないし、理由もなんとなくわかっていた。

「ちょっと楽しくなってきたかもしれない」

領主なんて聞くとイメージが難しかったが、今やろうとしていることは快適な家づくりと温泉探しだからな。

城を持つなんて言葉が額面通りになりかけていたが、一軒家を持てるほうが現実的でテンションが上がるな。

「ま、やる気がないよりはいいんじゃない」

美衣奈も言葉とは裏腹に期待が見え隠れしている。

まあもっとも、それだけではないこともそうなんだが……。

森の奥にダンジョン最奥より強い魔物がいるというならテイムしに行きたい。

アイアードと接して、衝突が避けられないことは俺でも感じたからな。

戦力は多いに越したことはない。

「なんにせよ遥人くんがやる気になったのはいいですねー!」

かれんもいつも通りといえばそうだが、いつも以上にノリノリな気もするな。

美衣奈もワクワク感を隠しきれていないし、俺たちにとっては領主だとか勇者だとかの話なんかより、このくらい現実味のある話がちょうどいいのかもしれない。

「俺たちの居住スペースはなるべく森の奥に構えるつもりだから、場所は後で作っておく。中身はダラン、頼んだ」

「あいよ。しかしこうなるとうちの知り合いにも声かけて回らねえとだな。それこそ鍛冶の職人なんかもいていいだろう」

「あー、そうだよな……というか今まで何も考えてなかったけど、皆の給料ってちゃんと出てるのか？」

　俺の疑問にはフィリアが答えてくれた。

「そちらについてはしばらくは我々が全面的に支援しますので問題ありません……が……先ほどの話を聞いていると魔道具の材料費や、開発のための職人たちの給金も必要になりそうですね」

　フィリアがちょっと頭を悩ませる。

　これについてはそしたら、俺たちがなんとかするか。

「金の当てはあるから、ちょっとなんとかしてくる。フィリア、あのダンジョンもう一回行けるか？」

「あのダンジョン……ええと……王家の墓、ですか？　もしかしてクリア報酬が残っているとか……？」

「まあそんな感じだ」

「そうだったんですか⁉　道理で皆さん未開拓ダンジョンを攻略したのに質素な暮らしというか……なんというか……いえ、わかりました。あのダンジョンは管理下に置かれているので報酬を盗まれるなんてこともないでしょうし」

フィリアの心配はまあ、メフィリスがいるからむしろ盗めたらすごいんだけど、今はいいか。

「久しぶりにダンジョンですか？」

「ちょうど運動不足だったのよね」

テンションが高かった二人もノリノリだ。

「クリア済みでも色々出るは出るんだったっけ……まあいいや。とりあえず行ってくるから、それまで頼む」

出発前に少しだけ美衣奈の魔法を使って森を切り開いて自分たちの住居の場所を確保してから、フィリアと共に王都に向かった。

第四章　王都の状況

「初めまして。アイアード公爵家の長男、ロイスです。勇者の皆さんにお会いできて光栄です」

食堂に集められた勇者たち一同の前で、ロイスが穏やかに笑って挨拶をする。

ひと目で高価とわかる装束に身を包み、気品ある所作と物腰の柔らかな口調で勇者たちはほとんど全員ロイスに何かしらのリスペクトを感じていた。

難波《なんば》がいれば気に食わないという顔を見せたかもしれないが、今のクラスにこのタイプに好戦的な人間は残っていない。

絶世の美青年と言っていいロイスに女子は当然ながら、男子もどこか見惚れたように呆けていた。

「アイアード公爵家はここの北にあってね。私とロイスは従兄弟ということになる」

「従兄弟ってことは……」

「そう、王家の血筋だ。アイアード公爵は私の叔父、国王である父の弟だからね」

ヴィクトが補足すると、原田《はらだ》の目の色が一層変わる。

完璧美青年が王族……ロマンに溢れる人間の登場だ。

しかも現状、勇者というのはこの国では貴族と同等かそれ以上の待遇を受けている。

原田にとっては狙える相手と思えたのかもしれない。

「よろしくお願いしますね！　ロイスさん……さんは失礼なのかな」

乙女の表情で原田がこう言う。

男子は露骨に顔を逸らしていた。

「いやいや、勇者リコ様……私などロイスで十分ですよ」

クラスの男子が顔をそむける中、嫌な顔一つせずにっこりと笑うロイス。

ローグスはスキルのおかげで相手をコントロールしていたが、ロイスのこれはそうではない。

天性で魔性と言える魅力が、ロイスには備わっていた。

「えっと……ロイスさんは何か用があってこちらに……？」

原田が半分ノックアウトされた形になったことを受けて、日野《ひの》が控えめに発言する。

「わざわざ時間を取っておいてもらって申し訳ないのだけど、僕としては本当に勇者の皆さんに会えるというだけでここまで来てしまって……」

申し訳なさそうなその姿勢すら愛嬌を感じさせて魅力になっていた。

男子でさえ仕方なさそうに笑ったほどだ。

「本当に光栄なんだ。領地も近いし、ぜひ仲良くしてほしい。あなたたちの功績には遠く及ばないながら、年齢だけは近いようでね、そういう意味もある」

ロイスの言葉に驚く面々。

大人びた態度から多少年齢が上であることを予想していたようだが、実際年齢は近いのだ。

それが親近感を生んでいく。

「長男……ってことは、将来公爵ってことであってるのかな？」

「そうだね。順調にいけば」

「うおー。なんかすごいな」

こんな調子で打ち解けていく。

その様子を見て、原田は焦ったようにまた立ち上がってロイスに声をかけた。

「私もぜひ仲良くしてほしいです！」

ぐいぐい行く原田に笑みを崩さずロイスは対応する。

その様子に原田はさらにロイスに入れ込んでいくのだが、ロイスのほうはというと、対照的に内面では勇者たちをこう評価していた。

何かが違う、と。

ロイスはすでに遥人《はると》たちを見ている。同席こそしなかったものの、アイアード領に遥人たちが行ったときに屋敷にはいた。

だから遥人、美衣奈《みいな》、かれんのことは見たうえで、こうして王宮に残った勇者たちに会いに来たのだが……遥人のテイムにより力を増す三人と、王宮のクラスメイトたちでは大きすぎる差があるのだ。

「ぜひ末永く、よろしく頼むよ」

表情に一切出さないロイスだが、父、アイアード公爵から伝えられた言葉に疑問を持たざるを得ない状況。

勇者三人に、王宮に残る二十五人で臨めば何も問題ないという発想自体が間違っているのではないかと思えてしまう。

実際、日野を除けば経験も浅い面々ばかりであり、主力と言えるメンバーが抜けているのだからロイスの考えは正解なのだが、父を疑うという選択肢がないロイスはその可能性を排除し、粛々と作戦を遂行する。

勇者二十五人に取り入り、アイアード公爵家に付かせる下準備を……。

その点についてはロイスは完璧に役割を全うしている。

勇者たちの中でも発言権の大きな原田を取り込んだことで、集団としてはロイスに、ひいてはアイアード公爵家に付かせる準備は整ったと言えるだろう。

もっとも、その行動に意味があるのかどうかはもはや、この場にいたなら誰もが疑問視せざるを得ない状況にはなっていた。

◇

「久しぶりのダンジョンですねえ」

「でも、ちょっと手応えがなさすぎるわよね」

飛んでくる巨大なコウモリをノールックで処理しながら美衣奈が言う。

「一度攻略しているしなぁ」

攻略というのはボスを倒すという意味と、マッピングを完成させるという意味合いがある。

王家の墓についてはどちらももう済ませているし、そもそも今の美衣奈の相手になるような魔物はこのダンジョンには存在しないだろう。

「移動も快適というか……すごいスピードですしねぇ」

階層が幾重にも渡るダンジョンだ。

攻略には時間がかかるのだが、その時間を短縮するために、レトとその群れにはここまでついてきてもらっていた。

ほかにも、物資を運び込むために力仕事ができそうな竜種や上位ゴブリン。

さらに戦力としてライとルルもいる。

久しぶりにほとんどフルメンバーでダンジョンに踏み込んだわけだ。

王家の墓は王都のほど近くにあるため、移動は結構大変だったのだが、この辺りはフィリアもいたし特に問題なく連れてくることができた。

レトたちには固まって動いてもらい、その周囲を竜車で取り囲むことで見られても騒ぎになりにくくしておいた。

しかもこの集団にはフィリアが持つ王家の旗を掲げてもらったことで、誰からも咎められることなく魔物たちの大移動を実現している。

「帰りが思いやられますが……」

「まあ……なんとかなることを祈ろう」

行きは物資が少なかったが、俺たちの目的はこのダンジョンに残っている財宝類などだ。

持ち運ぶ手間がかかるものが多く、行きよりスピードは落ちるだろうし、竜車の数が足りるのかも怪しい。

「ひとまずメフィリスのところに行ってから考えましょ」

そうするほかないので、とりあえず今はダンジョンを在りえないスピードで疾走していった。

◇

「ふむ……お主らか」

ダンジョン最奥。

ボスの間で横たわっていたメフィリスの元にたどり着くと、首だけをあげてメフィリスが対応してくれる。

「久しぶりだな」

「なんの。我からすれば数刻前のようなものだが……ふむ……見違えたな」

メフィリスが静かに俺たちを見てそう評してくれた。

それと合わせるように身体を起こす。

それだけでダンジョンが震えるほどの巨体。そして風格があった。

そのオーラに連れてきた使い魔たちが怯えるほどだった。

「楽園のダンジョンは無事攻略したか」

メフィリスが聞いてくる。

「悪鬼までは倒さなかったけど、魔道具は回収した」

「よかろう。だがすでにお主なら、災厄級の魔物でも相手になりそうだな」

メフィリスの評価は素直に嬉しいな。

「遥人くん、比較対象がいないせいで強くなってる実感がなかったですもんね」

「そうよ。人のこと散々化け物か何かみたいに言ってるけど、遥人も大概だからね」

二人に責めるようにそう言われる。

まあ実際、戦うような機会もなかったしな……。

楽園のダンジョンでローグスや難波、秋元《あきもと》とやり合って以来、戦闘らしい戦闘はない。

だというのにライを中心に使い魔たちが強くなっていくし、テイムする個体も増えていくのでステータスが向上していて、実感がなかったのは確かだ。

その強くなったライたちを見て、メフィリスが目を細めた。

「ふむ……面白いのを従えたな」

「……？」

俺が疑問に思っていると、後ろで大人しくしていたルルが元気に飛び出して行った。

「キュルー！」

「ルル？」

メフィリスの元に飛び込んでいったかと思うと、甘えるように身体ごと顔にすり寄りに行く。

メフィリスもそれを受け入れて嬉しそうにしていた。

「虹竜の生き残り……」

「虹竜？」

ルルはどちらかと言えば白竜と言っていいような見た目をしているが、メフィリスが説明してくれる。

「七色の色彩を持ち、天空の力を操り、豊穣をもたらす神獣……。我と同格の存在になりうるな」

「え……」

メフィリスの言葉を受けて改めてルルを見る。

楽しそうに笑うルルはそんな凄みを感じさせないんだが……。

「遥人くん最初から特別って言ってましたし、すごいですねー！」

のんきにかれんが言う。

確かに特別な力を感じたとはいえ、そこまでとは思っていなかった。

ライとかレトと同じような感じかと思っていたからな……。

「かれんの【鑑定】でわからなかったの？」

「あー、私のは常に発動しているわけではありませんし、わざわざ見ていませんでしたね。ちゃんと見ればともかく、ひと目見るくらいだとドラゴンの一種、くらいの情報しか得られないんです」

「ふーん」

「使ってみますか？　美衣奈さんも【鑑定】」

「いいわよ。かれんがいたら必要ないでしょ」

こんなやり取りは何度も見てきたな。

まあ今はそれより……。

「ルルが神獣って、それをテイムしてて大丈夫なのか……？」

「我をテイムしておいて今さら何を言うか」

メフィリスの笑い声が響く。

そういえばそうだった……。

「それに竜の成長は遅い。心配せずとも我ほどの強さにはすぐにはならぬ」

「そうか……」

「とはいえ、成長性は無限だ。お主のテイムによりこやつが成長することで、我が封印を上回る力を手にする日は近づくかもしれんな」

上機嫌にメフィリスが言う。

まあそういう意味では、ルルをテイムしたことも、連れてきたことも良かったかもしれないな……。

「して、今日はなぜここに来た？」

「ああ……実はあのあと、楽園のダンジョンのすぐそばの森をもらったんだ」

「ほう？　領主となったか」

すぐにメフィリスが状況を理解してくれた。

「そう。それで、ここの財宝を少し分けてもらえないかと思って」

「良かろう。そもそもあれらはもうお主のものだ」

メフィリスはあっさり言う。

「今回は結構運び出すぞ？」

「構わぬ。だが我との契約を忘れるでないぞ」

「もちろん」

メフィリスの目的は自身にかけられた封印を解除することだ。

そのためには俺のテイムの副効果である相互強化を進めていかなくてはならない。

俺がテイムをすることで俺自身が強化され、その強化が使い魔たちに循環する。

これを利用して封印解除を狙っているのがメフィリスだ。俺が領主になったから
といってその場から動かず封印解除のための動きを見せなければ、メフィリスはテ

イムの契約を解くだろう。

元々領主としてその地に定住するのは性に合わないとは思うし、その辺はフィリアにも相談済みだ。

領地運営が安定すれば人に任せて、俺たちは冒険者のような動きも続けられるとのことだった。

「ならばよい。好きにせよ」

それだけ言うとメフィリスは再び横たわる。

それだけでまたダンジョンが揺れるのだが、今度は使い魔たちも動じることなく受け入れていた。

◇

「とんでもない量……ですね」

「あはは」

ダンジョンから必要な物資を運び出した俺たちは一度王宮にそれらを運び入れて整理していた。

領地に持ち帰るより、王都で換金したほうがいいものも多い。

王家の協力も得られると聞きフィリアに諸々任せようということで用意された空間に広げたのだが……。

「もはやこの城の二つ目の宝物庫ができたようなものですね……いや、もしかするとここがメインと言ってもいいかもしれないくらい……」

フィリアが少し青ざめるくらいには色々置いてあったらしい。

俺たちで直接価値がわかるものは宝石類くらいだ。装備品はすごそうなことがわかってもその機能がわからないし、魔道具もそうだ。

これらの価値を正確に知ることができるのは、フィリアの【鑑定】があってこそだろう。

そして同時にかれんも【鑑定】を発動させ、二人で確認し合う形で物資の価値を記録していく。

「やっぱり手伝うか？」

「別にいいですよー。ボクたちサイドの人数が増えても仕方ないですし」

明るくかれんが言う。

何度か提案したのだが、疲れた顔も見せずにそう言うかれんに返されて俺と美衣奈は眺めるだけになっていた。

「すみませんハルトさん……今すぐこれらをすべて現金化することは難しいと言わざるを得ません」

「あー」

まあ数が数だしな。

「別に全部現金化しなくても、むしろ領地で使えそうなものはそのまま持って行きたいし」

「ふふ……そう言うと思いましたからあらかじめそれ用のものはピックアップしてますよ」

かれんが得意げに言う。

同時にフィリアが浮かない顔でこう続けた。

「そのピックアップを除いてなお、今金銭で話を進めるには、お恥ずかしながら持ち合わせがないかと……」

「フィリアのポケットマネーから出すつもりだったのか？」

「いえ、もちろん国家予算を動かします。ですが、それでなお足りないのです」

「そこまでなのか……」

もうよくわからなすぎてついていけない。

「まあお金は必要なだけあればいいし、残りは領地で保管するよ」

「そうですね……もう一度ダンジョンに戻すのもあれですし」

かれんの言う通りだろう。

そういう意味では領地に防衛施設を増やしてもいいかもしれないな。まあテイムした子たちがいればあんまり心配もいらないだろうけど。

「うぅ……お役に立てず面目ない……。ひとまず私のほうで整理して、王国が買い取れるものはそのように、直接商人や鍛冶師らと交渉する機会も準備いたします」

「ありがとう」

「いえいえ」

申し訳なさそうにするフィリアだが別にフィリアが悪いわけじゃないしな。

そんなこんなで、しばらく王都に滞在してやり取りを済ませて、改めて領地へと帰ったのだった。

◇

「お客さん……？　俺に？」

「ええ」

領地に戻った俺たちをすぐにレシスさんが捕まえた。

どうやら俺たちがいない間に人がやって来ていたらしい。

「そんなタイミングよく人が来たのか？」

「いえ、それが……数日前にはいらしていたのですが領地に滞在されてまして」

「奇特な人間だな……」

「ちょっと遥人くん⁉　自分の領地ですよ⁉」

「まあ、まだ特に何かあるわけじゃないものね……」

しかもすぐそばでゴブリンが工事してるようなところだ。大多数の魔物は連れ出していたとはいえ結構残ってるからな。

感覚が麻痺しつつあるが、どこかおかしいのは間違いない。

「で、そのお客さんは？」

「新たにできた宿に滞在しております。お館様が連れてこられたあの少女の店に」

「小遊亭《しょうゆうてい》か！」

リサ、本当に店出したんだな……。

カスクにある小遊亭のつながりで商人や業者を連れてきてくれたりと色々動いてはくれていたんだが、本当にリサだけで店をやるとは思っていなかったので驚いた。

「じゃあそっちに行くか」

「いえ……お館様がお戻りになるのに合わせて使いを出しておりますので、応接間でお待ちいただければ」

「わかった」

仕事が早いというかなんというか……。

「ちなみに、相手は？」

「アイアード公爵家長男、ロイス＝アイアード様でございます」

レシスさんが答える。

一緒に戻ってきていたフィリアがぴくっと反応した。

「アイアード公爵の子……」

「なんか神童とか言われているすごい人……でしたっけ？」

かれんの言葉にフィリアが答える。

「はい。文武の才に恵まれ、すでに領地において政治的な活躍も見せており、容姿も相まって国内外で人気の高い貴公子です」

住む世界が違うなぁ……。

「何呑気にしてるの。聞いてる限り公爵本人より厄介な相手でしょ」

「それは……」

そうかもしれない……。

衝突が避けられない勢力のエースというわけだからな。

とはいえ現状だとどうしても、色々と現実味がなさすぎて呑気にそんなことを考えることしかできないのだった。

◇

「お初にお目にかかります。勇者ハルト様。アイアード公爵家長子、ロイスです」

「えっと……よろしく頼む」

挨拶だけで圧倒される何かを感じた。

「お噂はかねがね……こうしてお会いできて光栄です」

「いや……それについてはこちらこそ。すごい人気なんだってな、王都でも」

「お恥ずかしい。私などまだまだ……特に勇者の皆様となど比べることもおこがましいほどです」

嫌味なくサラッとそんなことを言う。

「しかし驚きました。聞いてはいましたが魔物たちがこんなにも大量に……しかも開拓や工事に従事しているなんて……」

ロイスが言う。

表情を見ても本気で驚いているのがよくわかった。

「遥人くんのテイムのおかげですね」

「素晴らしいスキルです。流石は勇者様だ」

かれんも調子に乗るし、何も言わないが美衣奈も機嫌が良さそうだった。

このあたりもなんというか……うまいな。

「使い魔にされるには何か条件がおありなのでしょうか？　あれだけの信頼関係、軍馬や竜では考えられないですし、スキルの使用前後に何か秘密が……？」

少しだけ踏み込んでくる。

だがその目に見えるのが情報を集めたいというものより、単純な好奇心なおかげでこちらも嫌な気にならずに答えられる。

まあ別に言ったところでどうにもならない話というのもあるけど。

「条件らしい条件はないけど、お互いの利害が一致するというか……契約がまとまるような感じでテイムは成立してる。基本的に野生の魔物の優先順位は自分たちの生活の保証だから、俺を手伝ってもらう代わりに彼らの安全や生活を支えるのが条件かな」

答えた俺に対してロイスが一瞬固まったように見える。

だがすぐ切り替えて、身を乗り出してくる。

「すごい……！　そんなことが可能なんですか⁉」

「おお……まあ……」

「ああ、これは失礼いたしました……。いや、ですが驚きました。テイムというスキルは知っていますが、本来強制的に相手を従わせるものかと。勇者様のスキルが特別なのも当然あるとは思いますが、それ以上にハルト様の魔物たちとの触れ合い方に感銘を受けます」

目をキラキラさせてロイスが言う。

男だとわかっていてもドキッとするような無邪気で純粋な表情を見せられた。

しばらくはそんな感じでたわいもない会話を繰り返す。

アイアード公爵のときとは違い、本題に入るのは少し先だ。

しばらくして、満を持してロイスが要件に触れた。

「ところで……勇者様方が現れたということは、当然ながら災厄についても考えねばなりません」

ロイスの表情がそれまでの柔らかさを潜め、真剣なものになる。

フィリアの表情が変わった。

「王家……そしてハルト様方がもし情報をお持ちであれば、ぜひ我々と共有したいと」

ロイスの問いかけにフィリアと目を合わせると、フィリアが静かに口を開いた。

「災厄については目下調査中です。これは情報を出し渋っているわけではなく」

「もちろんわかっています。ですが、そうなるとそろそろ国外からの批判もあがるでしょう」

ロイスが言う通り、エルムント王国が勇者召喚の技術を保有しているのは世界の崩壊につながる危機を救うためという大義名分がある。

勇者はいつの時代も世界を変える大きな力を持っていた。

もし災厄が存在しないのに勇者召喚を行ったとあれば、エルムントは大陸中の国々を敵に回す戦争に巻き込まれることになる。

フィリアが表情を暗くしたのを見て、ロイスは勇気づけるように笑ってこう言った。

「災厄については我がアイアード家も、全力を挙げて調査に乗り出しますのでご安心を」

「ですが……」

「力を合わせましょう。エルムントのために」

ロイスにそう言われ、何も言えなくなるフィリア。

フィリアからすればこの先を言わせたくないのだが、避けられなくなったことになる。

ロイスが言葉をつづけた。

「アイアード家も全力で王国中の調査に乗り出します。王家が管理するダンジョンを含め、ぜひ立ち入りの許可を」

にこやかに、邪気もなくそう言うロイス。

だがこれは敵対するアイアードに不用意に権限を渡すことに他ならない。

とはいえこの状況で、断ることは難しい。

「ありがたい申し出です。王都の人間と確認のうえ、手配します」

「ありがたく」

フィリアはあくまで持ち帰ると言っただけではあるんだが、もうこの世界に来てなんとなくわかっている。

これで全く何も変わらないというのは許されない。

貴族とはそういうものだ。

結局その場で話せることはそれまでということで、その後も軽く談笑を挟んだのち、ロイスは領地を後にしたのだった。

◇

「フィリア……」

美衣奈が心配そうに見つめる。

フィリアとしてはアイアードに隙を見せた形になったし、これで王都に残るヴィクトが頭を抱えるのがわかっているだけに表情が暗い。

とはいえ何もできないわけで……いったん情報を整理しつつ励まそう。

「二人の【鑑定】、ロイスのことは視たか？」

俺の問いかけにまずかれんが答えた。

「それが……視られなかったんですよねえ」

「視られなかった？」

俺の疑問をかれんはそのままフィリアにぶつけた。

「何か知っていますか？」

だがフィリアは相変わらず暗い表情のままこう答える。

「いえ……すみません……。以前からロイスさんについては【鑑定】をしても何も出てこなかったんです」

「何も……？」

基本的には視ようと思った情報が視られるのが【鑑定】だ。

スキルの有無やその詳細についてはそれを視ようとすることが多いので視えるが、例えばその人のステータス、わかりやすいところで言えば身長やら体重なんかも、【鑑定】に慣れた人間ならいくらでも視られるらしい。

フィリアはもちろん、かれんもしばらく【鑑定】は使いこなしてきた。

その二人が、何も視えないというのには違和感がある。

「ヴィクトさんと同じように、【無効化】スキルですかねえ」

「スキル以外も視えないならそうかもしれないな」

現時点ではそう考えるしかないだろう。

もしくは他のスキルで視えないようにしているか……。いずれにしても、フィリアへの対策はしてからここに来ていたということだろう。

「こちらは何も得られずに、相手にだけ好きにさせてしまいました……」

「まあどうしようもなかったと言えばそうだし……というより、ロイスが動くことでどのくらい不都合が出そうなんだ？」

「単純な部分で言えば、各地をロイスさんが渡り歩くことで有力貴族とのパイプを太くできます。これまではお兄様に遠慮して大々的には動けませんでしたから」

「選挙活動みたいなものなんですねぇ」

かれんが言う。

なるほど……。

「まあでも、災厄の調査って言ってる以上範囲は限られるんじゃないのか？」

「それはそうかもしれませんが……」

「ま、今気にしすぎても仕方ないわ。むしろ私、アイアード公爵領に行ったときに違和感があったのよね」

「え……？」

美衣奈の発言に一斉に視線が集まる。

「遥人は気づかなかったの？」

「いや……それどころじゃなかったというか……」

アイアード公爵の相手をしないといけないというだけで胃が痛かったし、他のことを考える余裕はなかったな……。

「あのときはあんまり考えてなかったけど、あっちに問題があるなら私たちも行けるんじゃないの？」

「あー……ただ……」

「その場合、公爵か、ロイスさんが災厄の可能性があると認める必要がありそうですねぇ」

貴族社会的なめんどくささを考えるとそうだろう。

自分の管轄地域に口を出されてたまるかという話になりそうなことは想像に難くない。

「めんどくさいわね」

美衣奈がバッサリ切り捨てる。

本当にその通りだった。

「とはいえそれが本当に災厄だとしたら、一番近くの私たちを頼らざるを得ないですよね」

「それならいいけど、むしろ何かの攻撃手段の準備とかなら戦争だもんなぁ……」

美衣奈の感じた違和感の正体がわからないが、何かしらアイアード公爵が準備を進めているとかだとしたら可能性はあるわけだ。

と、そこで考え込んでいたフィリアが声をあげた。

「ミイナさんが感じた気配ですが……アイアード公爵領にも未踏破のダンジョンがあります。もしそこの異変だとしたら、備えておいていいかもしれません」

「未踏破ダンジョン……ってことは、難度は当てにならないやつか」

難度七以上は測定不能ダンジョンだし、未踏破だとその調査も終わっていないということだろうから。

「アイアード公爵家で厳重に管理しているようで、冒険者も近づいていないのです。なので本当に難度はわからないですね……」

「なるほど……」

もしかすると低難度で資源の産出源になっているかもしれないし、全く攻略できないものかもしれないというわけか。

いずれにしても手は出しにくい、と。

「まあ現状で考えても仕方ないってことね。ひとまずはこの領地のことを考えたらいいんじゃないかしら」

「防衛の方法も考えておいたほうが良さそうですね。今は対魔物用の警護でしかないですが、防衛拠点を築いて騎士団も組織したり」

かれんの提案に答える形で話が盛り上がる。

フィリアに頼る部分も増えてきて、ひとまずフィリアも切り替えて前を向いたようだった。

◇ロイス視点

「……手ごわかった」

遥人たちの領地からの帰り道。

馬を走らせながらロイスがつぶやく。

ロイスの目的はアイアード公爵に告げられた通り、クラスメイトたちを懐柔することだ。

それはおそらく順調にいっている。

だが……。

「来ていて良かった。これじゃ……このままじゃまずいじゃないか」

馬を止めて考え込む。

原因は遥人たちとその領地にあった。

数日の視察を経て、領地の状況をある程度把握したロイスだが、そのせいで悩むことになっている。

「盤石すぎる……」

まずロイスが懸念したのは遥人たちの戦闘力だ。

ロイスは自らのスキルにより、遥人たちの力量をかなり正確に把握するに至っていた。

「あんな化け物たち、それこそ災厄でもぶつけない限り勝てないよ」

思わず苦笑いを浮かべる。

遥人に自覚はないが、すでに遥人単体でも戦闘能力は大陸随一の力になっているのだ。

メフィリスという神獣をそのままテイムし自らの力にしている他、人外の力を持つ勇者を二人使い魔にしている。

さらに攻略難度測定不能とされていたダンジョン最奥の魔物たちを無数に従え、テイムの恩恵により遥人のステータスはもはや巨大な竜と一騎打ちでも圧倒できるほどのものになっていた。

本人が気にしていないから目立たないが、もし遥人が本気で冒険者として動いていれば今ごろ大陸中に名をとどろかせることになっていただろう。

「両脇を押さえる二人は当然として、他の魔物たちもとんでもない……僕がいたときに見ていたゴブリンですらもううちの騎士団員じゃ対抗は難しそうなのに……」

思わず震えてしまう。

ロイスが領地に滞在していた期間、遥人の使い魔たちのうち主要なものはすべて、王家の墓ダンジョンに同行していたのだ。

その本軍と共に帰ってきた遥人たちはもはや……。

「あれと戦おうなんて……」

意識しなければ震えが抑えきれなくなるほどの恐怖を、ロイスはその身に感じていた。

だが、父であるアイアード公爵にそれをいくら訴えたところで、敵対は覆らないだろう。

「王宮の勇者たちには、【鑑定】が使えなかったから正確なことはわからないけど……」

考えるまでもないだろうと天を仰ぐ。

主力を失った宮廷のクラスメイトたちが遥人と敵対しても、勝てる可能性は万に一つもないだろう。

アイアード公爵家の持つ全戦力を投下してもなお、それは覆らない。

「どうしたら……」

板挟みになるロイスが考え込む。

「嫌になるなぁ……本当に」

人前では絶対に出さない弱音を吐くロイス。

彼我《ひが》の戦力差に呆然とする以上にロイスを弱気にさせているのは、彼の持つスキルだった。

「【反撃《カウンター》】……ね」

スキルの内容はシンプルに、自分に降りかかったすべてを相手に跳ね返すというものだ。

「相手に動いてもらわないと、僕は何もできないなぁ……」

これが最も、ロイスを悩ませるものだった。

ロイスが遥人たちの強さを把握できたのは、【反撃】によって【鑑定】を一時的に利用できたからだ。

ヴィクトの持つ【無効化】とは別の原理で【鑑定】を阻止できるスキル。

もし遥人がロイスを【テイム】しようとしても、それを跳ね返すことができる。

そういう意味でロイスは、遥人の天敵となり得る相手だった。

「仕掛けてくれればいっそ、楽なのにな」

ロイスの願いが叶うことがないことは、遥人と直接関わったロイスが一番よく理解していた。

第五章　アイアード公爵領

「おー、すごい」

ロイスとの会談から一か月ほど経っただろうか。

俺たちは相変わらず色々忙しく動き回ったり、屋敷にかかり切りだったのだが……。

「なんかここだけ、元の世界みたいね」

俺のわがままで作ってもらっている一軒家の工事現場の作業ももう佳境に入っている。

その様子はまさに、元の世界の工事現場と見紛うほどの状態になっていた。

「そりゃぁ言われた通り作ってみたからな。おもしれえぞこいつは」

足場を組み、柱を組んで、周囲を木の板で囲う。

周囲には断熱材や外壁も別途用意しており、石造りとは異なる木造住宅の造りを再現している。

やりすぎた気もするんだけど、ダランがノリノリだからまあいいか。

「家はともかく、周囲にここまで何もないとなんか不思議ね」

「確かにな……」

俺たちの住居であると同時に、周囲を魔物たちで囲む。

領地でも生活できそうならそれでもいいが、基本的に使い魔たちは森での暮らしのようなものが合ってるだろうし、なんだかんだいって俺の近くにいたがってくれるからな。

「城壁などなくとも、これは天然の要塞ですな」

「レシスさん」

どこからともなく現れたレシスさんがそう言う。

「確かに周囲が魔物に囲まれてる領主は……狙いにくいか」

「ええ。配下からすれば頭《かしら》が狙われにくいというのはそれだけで大きな意味を持ちますから」

そういう部分もあるのか……。

とはいえ使い魔たちの安全を守るのは俺の役割だから、その辺はちょっと考えないとだな。

「おいそれよりここはどうすんだ」

「ああ……」

ダランに捕まる形で設備の確認をしていく。

「こうしていると本当に注文住宅でも建てているようですねぇ」

「冷静に考えると、こんな家、向こうで建てたら金額どうなったのかしら……」

「普通の家を作る、なんて言いながら、なんだかんだでバカでかいですからね」

苦笑いをしながらかれんが言う。

「遥人《はると》が好き放題言うから」

呆れたように美衣奈《みいな》にも言われるが、聞こえないふりをしてダランと話を進める。

まあせっかくならと色々詰め込んだからな……。

元の世界で建ててたら、土地代がなくても大変なことになったのは間違いなさそうだった。

◇アイアード公爵視点

「ええい、またこの報告か！　捨て置けと言っただろう！」

アイアード公爵の怒号が飛ぶ。

従者が怯えた表情で投げ飛ばされた書類を拾い上げ、震えながら声をあげた。

「申し訳ありません……！　ですがギルドからの声も……」

「ならばギルドに言え！　お前たちが難攻不落のダンジョン、病魔の巣窟を攻略できるのかと！」

「は、はい！」

早くこの場を離れたい一心だった従者はひとまずの指示を受けて部屋を飛び出していく。

「全く……。どいつもこいつも……」

アイアード公爵の頭を悩ませているのは、美衣奈も問題視した気配の正体、領地に存在するダンジョンにあった。

ここ数週、ダンジョン活性化の報告がいくつも上がっていたが、アイアード公爵はこれらを一蹴し続けていた。

アイアード公爵をかばうとするなら、確かにダンジョンは周期的に活性化し、その都度ダンジョンに近づいた住人などから声が上がることはこれまでも何度もあったのだ。

その度相手をしていてはキリがないという話はある。……あるのだが、今回の変化に関しては、結果から言えばもう少ししっかりと対応すべきだったと言える。

王都との、そして隣接する遥人たちとの争いの準備に忙しいアイアード公爵は、この事態を軽く見るどころか、ほとんど無視する形で話を聞き流していたのだ。

目下重要なのは王宮に残る勇者の取り込みと、狙いを付けた有力貴族たちの取り込みだ。

そのための駒としてフル稼働させられたロイスもまた、領地内の変化に気づくのが遅れた。

災厄級の魔物が封じられたダンジョン、病魔の巣窟。

その攻略難度は、人類未踏の七に匹敵する。

数日後、アイアード公爵領ではダンジョン活性化の無視できぬ被害が蔓延するのだった。

◇ロイス視点

アイアード公爵領のダンジョン活性化問題が深刻化して数日。

周辺領地の貴族たちへの挨拶回りをしていたロイスは、急遽呼び戻され、今は王宮にいた。

「……」

重々しい空気の中、誰も声を上げない。

王宮の応接間に集まった二十五名の勇者と顔を合わせたロイスは、焦りを隠せずにいた。

「申し訳ない……だが頼む。今こそ勇者様たちの、力を貸してほしい」

愚直に頭を下げるその姿にクラスメイトたちは心を打たれるが……。

「でも……ダンジョンを……しかも絶対にボスを倒さないといけないって……」

「俺、戦えるスキルじゃないし」

「私も……」

アイアード領でのダンジョン活性化は、ダンジョン外に瘴気《しょうき》が漏れ出る事態となっていた。

ダンジョンは内部に協力な魔物らがひしめき合うことはあるが、外にその影響が出ることは稀だ。

そんな中、ダンジョンから漏れ出る瘴気は領民を病に冒し、周囲を荒廃させた。

外にまで影響が出始めたダンジョンは、いわば噴火を待つ火山のようなもの。

火山との違いは、内部の原因を排除しに動くことが定石であること。

そして今回、その内部の原因排除に最も適した人間たちが、ロイスの目の前にいる勇者たちだ。

「難波《なんば》たちがいればなぁ……」

「私たちじゃ足を引っ張っちゃうだけだろうし……」

勇者たちの姿勢にロイスは絶望を感じる。

アイアード公爵が、ロイスであれば懐柔できると踏んだ勇者たち。

ロイスもその狙いに沿ってここ一か月、足繁く宮廷に通い詰めていた。

災厄の調査のための遠征も計画こそしたものの、ロイスは勇者たちに集中することを選んだ。

遠征が必要だった相手は、アイアード公爵が金の力で篭絡を試みている。

そもそも勇者たちは、ロイスの知る常識の外の人間だ。

人知を超えた力を持っている彼らなら、懐柔しておけばこちらの計略に乗ってくれると思っていた。

だが勇者は、自分たちに特別な力があってもなお、他人任せを貫いた。

「勇者リコ……」

ロイスが見据えたのはクラスの中心に座った原田理子《はらだりこ》。

ロイスの誤算はいくつかあるが、その一つは勇者たちがどんな世界から来たのか全く知らなかったことだろう。

勇者として召喚された彼らは確かにとんでもない力を有してはいるが、力を使いこなせるかと言われればほとんどの場合、否なのだ。

特に戦闘に慣れていない。

自分が傷つくことを極度に恐れるし、同時に他者を傷つけることにも大きな抵抗感を持っている。

この感覚は、この世界で生まれ育ったロイスのそれと大きく異なっていた。

実際、現時点の彼らは王都騎士団に劣るし、下手をすればアイアード領の騎士団にも負けるだろう。

そのくらい、心の面で、戦闘に向いていないのだ。

さらに、ロイスにとって頼みの綱だった原田の対応は、擁護しようのない度を過ぎた他力本願なのだが……。

「ロイス、協力したいのは山々だけど……知っての通り私はほら、戦うスキルじゃないでしょ？　だからね、戦いに行った人たちを癒すことはできても……あ、変な意味じゃないからね！」

頬を染めて身体をくねらせる原田。

流石のロイスも愛想笑いを浮かべる余裕がなくなっているのだが、当人は気にする素振りがなかった。

「そういうことをするのはロイスとだけ。でもほら、私料理とかできるって言ったでしょ？」

検討違いの言動を繰り返す原田。

ロイスとしては仮にも勇者たちのまとめ役となっている原田がここまで動かないこと自体が想定外なのだ。

だがもはやどうしようもない。

とにかく情に訴えかけるべく、一度伝えたメッセージをもう一度繰り返す。

「今領地はダンジョンの活性化の影響がいたるところに出てしまっている。領民たちは謎の病に苦しめられ、日々ダンジョンから漂う瘴気は増している。ダンジョン内を調査して、原因を除かなければ、その脅威はいずれこの王都にも届くんだ。この異常事態を止められるのは選ばれた君たち、勇者だけだ」

ロイスの訴えはそれでも、勇者たちには届かない。

原田だけは相変わらずロイスを上目遣いで見つめているが、ロイスが目を合わせることはもうなかった。

うつむくロイス。

絶望感が漂う中、ただ一人、ロイスの想いに応える勇者がいた。

「私、行く」

「本当かい⁉　勇者メグム！」

ロイスの表情がパッと華やぐ。

それを見た原田が顔をしかめる。対抗して名乗りを上げてくれれば流れが変わるだろう。

それをロイスも期待したのだが、原田の行動はあくまで、相手の足を引っ張るだけのものだった。

「恵《めぐむ》……いいの？」

原田の視線が冷たく日野《ひの》に突き刺さる。

この短い一言に込められた意味に気づかない日野ではない。

「私はほら、人を回復させる力があるから」

ニコッと、力なく日野が笑う。

「ふーん」

気に食わなそうに露骨に態度を悪くする原田。

日野の居場所を奪う、その意思表示に他ならなかった。

日野自身もわかっていた。これで自分の居場所はなくなるだろうことは。

それはかつて、遥人が受けていた仕打ちと同じ。

その空気を生み出したのはまさに、日野恵だった。

遥人の場合成り行きで二人の支援者がいたが、今の日野には自分を支えるものは何もない。

それでも日野が動いた理由は、小さな後悔を繰り返さないためだった。

この世界でも成り行きに任せるだけで、元の世界と同じことができると思い込んで、結果的に親友を失った。

日野の心理を言い当てるなら、まだ美衣奈が死んでいればマシだったと言えるだろう。

言葉にはしないいし、口になど当然することはないが、それでもそういう想いが見え隠れすることを日野が自覚している。

そしてそのことに自分で、心底嫌気が差していた。

さらに言えば、生きていた美衣奈が自分を選ばなかったという事実がずっと、日野を苦しめているのだ。

テイムのせいにできれば楽だが、そうではないことも薄々勘づいている。

だからこそ……。

「私は、勇者の名に恥じたくない」

ピキッと原田のこめかみに青筋が浮かぶ。

正面からの宣戦布告と取れるその言葉は、原田が何かを返す前にロイスに遮られた。

「ありがとう！　メグム！」

ロイスの本来の役割は遥人たちを抑え込むための勇者二十五名全員の参戦だった。

だがもう、ここに至れば一人であっても勇者の参戦は大きな意味を持つ。

隣にいたヴィクトがこれ以上の交渉は無理と判断したか、それまで沈黙を貫いていた中、こう宣言してまとめた。

「ロイス殿。アイアード公爵領には勇者メグムの他、騎士団をお送りします」

「かたじけない……」

そこで終わるはずだった会話……だが……。

「待って！　そもそもどうして私たちが行かなくちゃいけないの⁉　難波と秋元《あきもと》はどうしたのよ⁉　今回のダンジョンより簡単なダンジョンから戻って来てないならすぐ連れ戻せばいいじゃない！」

原田が喚き散らす。

難波たちがどうなっているかはもはや、ロイスもわかっていて無視していたのだ。

クラスの人間からすれば確かに主戦力である難波たちの不在は痛いし気になるところではあるが、こうも真っ向から人任せにできるほど図太くなかったので誰も指摘をしなかった。

「勇者ヨウヘイ、勇者カケルは非常に遠くのダンジョンに遠征に出ている。今から使いを飛ばしても、戻ってくるころには王都も病魔に飲み込まれてしまうんだ」

「それでも！　あいつらが戦えばいいじゃない！　なんで私たちが戦わないのが悪

いみたいに！」

「悪いとは言っていないさ。だが勇者はこの世界に喚ばれてしまった以上、災厄と向き合う必要はある……。今回の事態がそこまで発展するかはともかく、それが元の世界に帰ることにつながるから」

「帰らないわ！　私は別に帰らなくていい。この世界でこうして悠々自適な生活をして、顔のいい貴族と結婚でもして一生を過ごす。それでいいじゃない」

原田が叫ぶ。

だがそれは、クラスメイトたちの誰もが口には出さなかった願望であり……。

「……勇者リコ、今の言葉は……」

「なによ！」

「いや、今はいい」

ヴィクトが静かに下を向く。

エルムント王国が勇者を手厚くもてなしていたのは勝手に召喚してしまった負い目もあるが、災厄と戦う希望であるからという意味が強いのだ。

自ら役割の放棄を宣言した以上、原田をもてなす理由はもはや王国にない。

そのことに気づかない原田はまだ何かを叫ぼうとしていたが……。

「もう一度問う。今回のダンジョン遠征、参加者は勇者メグムだけでいいのだね？」

ヴィクトの静かな声が勇者に……いや、ただの高校生である彼らに刺さる。

重々しい空気を作り出した原田はその自覚がない。

これで彼らはもう、日野という希望が失われた瞬間に用済みになる存在に墜ちたのだが、それでもなお名乗りを上げる人間はいなかったのだった。

◇アイアード公爵視点

「どういうことだ、ロイス」

「申し訳ありません。お父様……」

「……」

ピキピキと苛立ちを露わにするアイアードだが、アイアードも愚かではない。

ここでロイスを叱責したところでどうしようもない。

むしろロイスというカードだけは失えない以上……。

「良い。お前は精一杯やった。そうだろう？」

「はい……」

「だが……二十五人もいてたった一人……か」

怒りを無理やり抑えたアイアード公爵の表情は複雑に歪んでいた。

失望感を隠しきれないが、それは勇者に対してなのか、自分の子に対してなのかがわかりづらい。

ロイスは言い訳をしようと思えばいくらでもできる状況だった。

実際のところ、他の二十四名を連れてくることができても大した変化はないだろうということ。その中でも唯一と言っていい戦力だけは外さずに引き抜けたこと……。

アイアード公爵家全体にとってみれば、この結果は現時点で最良な形には収まっていたのだが、それは二人にはわからない。

「して……ダンジョンと周囲の住民たちの様子はひどい有様だ。ヒーラーである勇者一人でなんとかなると思うか？」

「……」

ロイスの沈黙が答えだった。

領地に着いてすぐに日野は活動を開始し、すでにダンジョン周囲の村々を回って治療に当たっている。

寝る間も惜しみ、懸命に治療を繰り返すが、勇者の力をもってしても焼け石に水というのが今の領地の状況だった。

「くそ……」

アイアードが静かにつぶやき天を仰ぐ。

ロイスはもう下手なことは言えない状況だ。他の従者ならば首ごと斬られていても不思議ではない失態を犯したうえで、それでもロイスは進言した。

「王都から預かった戦力に、我が領地の騎士団を加え、ダンジョンの攻略を進めませんか。私が先導し必ずや……！」

「ならぬ。今戦力を失えばどうなる⁈　王都からの援軍を消耗させることは良いが、我が領土の戦力を疲弊させればたちまち隣から攻め立てられるだろう⁉」

アイアード公爵が叫ぶ。

これも、ロイスは否と答えたい。

だがさすがにそれ以上、父アイアード公爵に何か言うことはできなかった。

「差し出がましい真似をしました」

「良い。お前は周辺を当たって援軍を探せ。勇者に当てがあるならそれでもよい。

むしろどうだ？　王都の幽閉された勇者ならば無理やり従えられぬか？」

「幽閉された勇者を……!?」

ロイスが驚く。

「ふふ。冗談だ」

アイアードはそういって葉巻を加えて外を眺める。

ロイスは戦慄する。

アイアード公爵は冗談など言わない。

これは言外の命令に他ならない。

そしてその内容は……。

「仰せのままに……」

王家に反旗を翻すということ。

そしてその役目をロイスに託した。

ロイスの行動の結果がどうであれ、自分まで責任が到達しないだけの準備を始めたという意思表示でもあるのだ。

「わかったなら行け」

「は……」

失意にくれるロイスは領地に留まることもなくすぐに出発を余儀なくされる。

今はまだ役割がある。周囲の協力者を探してこいという役割を全うしていれば、もしかすれば父の期待に応えられるかもしれない。

だが……。

「私は……」

王家に弓を引き、捕らえられた勇者たちを解放して戦力化する。

そんなことをすれば、遥人たちだけではなく、王都と、つまりエルムント王国と戦争をすることになる。

もしくは……。

「私の首だけで、事態を収める準備があるのか……」

アイアード公爵の言葉は、これまで従順だったロイスに楔《くさび》のように打ち込まれることになったのだった。

◇

「んー……流石にここまで異変が感じ取れるようになりましたねぇ」

かれんが見晴らし台の上からそう告げる。

わざわざ登って見なくても感じ取れる程度には、アイアード公爵領から放たれる瘴気の濃度は濃くなっていた。

「情報収集するまでもなくあちらからどんどん人が流れてきてますもんね」

見晴らし台から降りてきたかれんの言う通り、アイアード領からの移民希望者が後を絶たず、彼らの証言で今領地がどうなっているのかはおおよそ把握できていた。

ここ数日はさらに数も増え、住居の建築が追い付いていないくらいだ。

それでもしばらくテント生活をしながら自ら工事作業に参加してでも移り住みたいという人間が後を絶たないくらいには、人がどんどん増えている。

「何があったかは大まかわかっているとはいえ……このままじゃまずいか」

「そうですかね？　アイアード公爵が勝手に自爆していってるのでなんとかなる気もしますが」

「破れかぶれで攻め込んできたりしないでほしいわね」

美衣奈の話も全然なり得るからな……。

とにかく現状、アイアード公爵領では謎の病が大量発生しており、発生源も特定できている。

ダンジョン、病魔の巣窟からの瘴気だ。

瘴気に当てられた人間から体調不良を訴えだし、それらは次第に広がりを見せ、動けるうちに元気な人間や被害が少ない地域の人間からどんどん移動を開始している……そんな状況。

移民だけではなく、一時避難的な動きも多いので、小遊亭《しょうゆうてい》はカスクでもこちらでも大忙しのようだった。

「あ、皆さんここに居たんですね！」

「フィリア」

見晴らし台は領地からアイアード領に最も近い場所にあり、町の中心に置いた執務室からは距離がある。

レトが遊びがてら乗せてきたようだがそれでも息を切らしていた。

「あーごめん、レトと遊んでくれてたのか」

「遊んでいたわけではなく普通に移動をお願いしたのですが、この様子だとそのようですね……」

楽しそうに尻尾をぶんぶん振るレトを撫でながらフィリアが降りてくる。

「何かあったの？」

「どうやらアイアード領に勇者が入ったようでして」

「勇者……全員か？」

「いえ、一人だけ。勇者メグムです」

「恵が⁉」

美衣奈が反応する。

「今流行ってる病気ってうつったりはしないのか？」

「それもわからず……。結局うつっているのか直接瘴気の影響なのかすら判断できない状況で、そろそろ公爵屋敷にも瘴気が届きそうな状況ですね。ただ【聖魔法】を扱う勇者メグム自身が病に冒される可能性は低いです」

「おお……」

日野については良かったが、領地の状況はそこまで悪いのか……。

「幸いにしてカレンさんのおかげで治療薬は完成しており、この領地で被害はこれ以上出ないのですが……」

「公爵がなかなか受け入れないもんなぁ」

移住者たちの病気の有無はいち早く【鑑定】しており、広まる前にかれんが治療薬まで完成させている。

ハズレと言われた【調合】スキルがとんでもない力を発揮していてそれはそれで衝撃的だ。

当然ながら治療薬はアイアード公爵領にも分けようとしたんだが、アイアードがそれを拒絶して今に至っている。

売りつけようとしたわけでもないのだが、意固地になって受け取ることすらしない。

結果傷つくのはダンジョンの近くの住民から順番に……という形なのだが、現状で俺たちが手を出すと戦争が始まってしまうのでこうしてこちらに来た人たちしか治せない状況になっているのだ。

「日野の【ヒール】があればある程度は治せるか？」

「恵のほうが持たないいじゃない」

美衣奈が今にも領地を飛び出しかねない表情で言う。

「……」

場合によっては、それも必要になるかもしれないな。

なら……。

「領内のことを整理しておきたいんだけど、新しく来た人たちはどうだ？」

俺の問いかけの意図を理解したフィリアが答えてくれる。

「状況は大きく変わらずですが、移住者の皆さんと作業中の使い魔たちは意外とうまくやれてるみたいです」

「それは良かった」

こちらのことが大丈夫ならいっそ、戦争のつもりで乗り込んでしまうというのも選択肢に上がるだろう。

実際こちらにやってきた移住者が、家族を残してきたと嘆いているケースもあるから。

「美衣奈さんが言ったように、破れかぶれで攻め込まれても大丈夫なように準備は進めておきましょう」

すでに見晴らし台は領地の境界沿いにいくつも立ててあるし、そもそもこんなものがなくても上空から周囲を見渡せる使い魔は複数いるからな。

ルルをテイムしたおかげで俺も一応飛ぼうと思えば飛べてしまうし……。

「ひとまずは準備して様子見するしかないだろうけど……いざとなったらこちらから動く。だから……」

そのための準備がもう一つ必要だ。

「フィリアはそろそろ王都に戻っておいてくれ」

「……」

立場が立場だ。

この領地にフィリアがいたのに止められなかったとなれば問題にもなり得るだろう。

フィリアもそれがわかっているから、葛藤しながらもこう答えてくれた。

「……わかりました」

フィリアのこの答えが、ある意味では俺たちの決断に対する答えでもある。

四人しかいない今の状況なら別に問題にはならないが、フィリアにとっては大きな決断となったのだった。

◇日野恵視点

「こっちに来てくれ！　子どもが血を吐いて倒れたんだ！」

「助けてくれ！　嫁が目を開けないんだ……！」

「これ以上あの婆さんに咳をさせたら骨が……」

日野恵はアイアード領に入ってすぐ、領主への挨拶も飛ばして現場へと急行していた。

王都騎士団とロイスたちが奔走して病人たちの世話に当たるが、日野が着いてから数日、休まる暇など一切なかった。

「大丈夫ですか、メグム殿」

「私はいいから、それより次の人を」

ロイスが声をかけるが、日野は一心不乱に病人たちに【ヒール】をかけ続けた。

最初は日野が走り回ってヒールをかけていったのだが、日野の安全や効率等を考えて教会の一部を病院のように利用している。

診察も特別な処置もなくただヒールをかけ続けるだけではあるが、日野の消耗は激しい。

魔力の問題だけではなく、最低限の睡眠以外ほとんど休憩なく動き続けていることも日野のダメージを蓄積させていた。

当然アイアード領にも医者や回復魔法師《ヒーラー》はいたが、日野の圧倒的なスキルを前にほとんどがサポートに回ることになっているのもまた、日野に負担が集中する原因になっている。

教会を拠点にしたおかげで阿鼻叫喚の地獄絵図を目にしなくてよくなったのは日野にとってプラスだが、それでも耳にこびりついた声が離れない。

それはこの領地のものではなく、影のダンジョンで聞いた死にゆく兵士たちの断末魔だった。

「――っ！」

振り払うようにヒールに集中する。

特殊属性である聖属性を操るスキルと勇者の持つ膨大な魔力がもたらした、稀代の回復魔法師である日野だが、その内面は少なくともこの世界でその役割を全うするには酷なくらい繊細だった。

いや、誰だってそうなる可能性は秘めていた。

むしろ日野はよくやっているほうかもしれない。

それでも……。

「まずい……」

ロイスがあたりを見て考え込む。

日野が疲労の限界に達していることはよくわかっていた。

懸命の救助活動、その指揮を執り続けるロイスも疲弊はしている。

このままではじり貧であることも、ひしひしと感じていた。

「やはりもう一度……父上に……」

何度もチャレンジはした応援要請ではある。

というより、そもそもロイスに今現場指揮の役割は与えられていないのだ。

本来のロイスはすでに周辺貴族へ協力者を求めて挨拶回りをしている必要がある。

それでもロイスがここにいるのは、病に苦しむ領民たちを無視できないからだ。

これより前にもロイスのもとには多くの領民たちから相談自体は来ていた。

これまでは勇者という戦力確保に全力をあげることを選んでいたが、その結果がこれでは……と頭を抱える。

じり貧のこの状況を解消するにはやはり、ダンジョンを攻略するしかないと、瘴気の発生源を睨みつけるが……。

「戦力を回してもらわないと……」

せめてアイアード領の戦力を集中させなければ、そうでなくても、せめて回復魔法師を集めてもらうくらいはしなければ、このまま領地が崩壊しかねない。

意を決して再び、領主の館へと赴いたのだった。

◇アイアード公爵視点

「何度も言わせるな」

ロイスの訴え――アイアード公爵領の持つ戦力を集中しダンジョンを攻略するという提案は、あっさりと却下された。

「瘴気の発生は過去にもあった。今回はたまたまそれが強いだけだ。直に収まる」

これがアイアード公爵の見解だった。

ここに至ってもまだ、彼の頭にあるのは領民の安全ではなく、王都に対抗すること。

もしかすると、引くに引けないプライドも邪魔しているかもしれなかった。

「ですが！　もはや広がりは止められず、何人もの領民が犠牲に――」

「ロイス」

静かに、これまで我が子に向けることのなかった冷徹な声がロイスを射抜く。

「ダンジョンの周囲は元々住民が少ない地域だった。その意味はわかるな？」

「――っ⁉」

父の言葉に思わず固まるロイス。

父の目には、ロイスが考えるよりはるかに重い覚悟が決まっていた。

「見殺しにするということですか」

すがるようにそう伝えたロイスに、やはりこれでもかと冷徹にアイアード公爵が答える。

「わかっているんだろう?」

その答えは、見殺し程度で済ませないという意思表示に他ならない。

そしてそれをアイアードは言葉にして我が子に伝えた。

「これ以上被害が蔓延したなら、境界線を引き、そのとき初めて騎士団を動かす」

「それは……!」

ダンジョン周囲の村々を封鎖し……。

「必要ならば、こちらから手を下す」

病魔の侵攻を食い止めるなら最善ではある。

だがそれは、少なくない犠牲のうえで成り立つ作戦だ。

その少なくない犠牲、一人一人の顔を見て、関わってしまったロイスにとってそれは、耐えられるものではなかった。

「……わかりました」

「わかればよい。お前には新たに役割を与える。この事態を我々の戦力を疲弊させずに収束するため、王都からさらなる応援を呼べ」

「王都から……」

それが勇者たちを連れ出せという意味だということは、すでにロイスも前回理解している。

「このような非常事態で持ちうる戦力を適切に投下しないのは国の怠慢だ。そう思わぬか？」

「それは……」

自分のことを棚に上げて、という言葉は当然飲み込む。

「勇者の中にも心変わりを見せる人間がいるかもしれないだろう」

「わかりました」

「ああそれから、勇者メグムの面倒を見るのに忙しいお前の代わりは用意した。これで心置きなく行けるな？」

「……はい」

退路も塞がれた形になったロイスは……。

「すぐに出発いたします」

覚悟を決めて領地を出た。

だがこのときすでに、アイアード公爵が十数年かけて積み上げた、ロイスをコントロールするためのある種の貯金が切れていることに、公爵は最後まで気づけなかったのだった。

◇アイアード公爵視点

それはロイスが領地を出て数日後のことだった。

「何事だ⁉」

館にいたアイアード公爵が叫ぶ。

館が崩れるかと思うほどの激しい振動にさらされ身を低くしたが、なんとか立ち上がってすぐに従者を呼び出した。

「原因はただ今調査中ですが……」

「ええい使えぬやつめ」

このときのアイアード公爵の怒りはせいぜい、飲もうとした紅茶が揺れでこぼれた程度のものだった。

だがこの地震にも似た振動がきっかけで、領地崩壊へのカウントダウンが始まっていた。

いやおそらく、もっと前から、そのカウントダウンは始まっていたのかもしれないが……。

少なくとも公爵自身がそれを自覚したのは、この日この時が初めてだった。

「なんだ……あれは……？」

館の窓から見える景色に戦慄するアイアード公爵。

その向こうには病魔の巣窟がある。

どす黒い瘴気はこれまでのものとはまるで異なっていることは、アイアード公爵にもよくわかった。

「すぐに調査に当たれ！　それと、事前に騎士団に伝えていた防衛ラインを死守せよ。これ以上あのダンジョンの瘴気を広げるな！」

迅速に対応に当たる公爵だが、この状況を前に混乱せずに動ける人員など多くはいない。

ロイスを手元に置いていれば、あるいは現場に残していればまだ可能性はあったが、こうなった以上想定以上の被害は覚悟しなくてはならないだろう。

第六章　王都の勇者たち

アイアード公爵領の異変はすぐに王都にも伝わった。

振動の余波が王都周辺にも現れており、瘴気についてはもはや王宮からも目視が可能なほどに濃く漂っている。

すぐに王都も動きを見せた。

「お兄様……これは……！」

遥人《はると》たちの領地から、いざ、い、い、いうときに備えて王都に戻っていたフィリアがヴィクトに駆け寄る。

「すぐに父上の元に――」

「必要ない。ここで作戦を固める」

「父上⁉」

国王ヒルス＝エルムントが、宮廷の広場に姿を見せる。

宰相の他数名の大臣や従者も引き連れている。

「おい……あれって……」

「王様だよな？　こんなとこに何しに……」

「やっぱりあの地震と関係してるのかな」

広場は普段勇者たち――遥人のクラスメイトたちに解放された空間だ。

国王自らここに顔を見せることは異例で、クラスメイトたちの間にも衝撃が走る。

「アイアード公爵領における異変の調査は、すでに送った騎士団から定期的に報告が上がっておった」

ロイスと日野《ひの》と共に出た騎士団。

その中には調査を目的とした人間も複数名存在していて、王都には定期的に連絡が来ていた。

その惨状はもちろん、最も王都が問題視したのはダンジョンの状況だった。

「過去に起きた災厄に関する記述と一致する点が多い」

「災厄が……」

勇者たちの召喚に踏み切るに至る程度には、王国には災厄への危機感がある。

「ダンジョンから瘴気が漂っているのはダンジョン内の何者かが押さえ切れなくなっているからに他ならない。その何者かの力が増せば、ダンジョンという枷《かせ》を外して飛び出し大陸に大きな被害をもたらすのだ」

国王、ヒルスの言葉に息を呑むクラスメイトたち。

その反応はフィリアとヴィクトも、周囲にいる大臣たちも同じだ。

そして国王ヒルスはこう続けた。

「今我々には二つの選択肢があるじゃろう。まずは今すぐアイアード公爵領のダンジョンに向け、戦力をぶつけることだの」

ヒルスが宰相に目を向ける。

「アイアード公爵領内、ダンジョン病魔の巣窟……攻略難度は不明。災厄が眠る可能性を考慮するなら、勇者様たちの投入は不可避です」

その言葉にいち早く反応したのは原田《はらだ》だった。

「なっ⁉　私たちに無理やりあんなところに行けって言うの⁉」

ロイスの一件以降余裕もなく、かといってクラスに歯向かう者もいない原田の態度はさらに悪化の一途をたどっていた。

「ふむ……勇者リコ……」

「な、何よ」

一国を治める長の放つオーラを前に一瞬たじろいだ原田。

「そなたらを喚び出したこと、それは詫びよう」

「そ、そう！　私たちは勝手に連れてこられて、そんな役割を押し付けられて迷惑して――」

「だが」

鋭い眼光が原田を射抜く。

「詫びは十分にしたと考える。それでもなお、お主らをもてなし続けるのはひとえに、いつ現れるかわからぬ災厄に向けてのものだった」

国王の態度にざわつくクラスメイトたち。

「強制はせぬ。だが、その役割から外れる者を我らはもう、客人としてもてなせぬ」

「なっ……」

原田からすれば信じられない言葉だった。

確かにクラスの人間たちからすれば身勝手な王国に振り回されて迷惑していることは間違いない。

原田の主張も当然と思っていた人間も多くいた。

だがもう、ここは異世界だ。

特別な力を持って召喚された勇者たちは、この世界における役割がある。

誰かに任せて甘え続けられることは、その誰かの犠牲の上にしか成り立たない。

いち早くクラスの輪から外れた遥人たちはもういない。

自らの意志で災厄に挑んだ難波《なんば》と秋元《あきもと》は敗れた。

そして最後の砦だった日野は、原田が自ら遠ざけた。

次は自分の番だという自覚が一切なく、それでも恩恵だけを享受しつづけようとする原田に甘く対応する人間はこの世界にはどこにもいなかった。

そしてそれは、人任せに乗っかり続けたクラスメイトたちにも降りかかる。

「ま、まあまずは二つ目の選択肢というのも聞いてから考えればいいでしょう」

固まる勇者たちのそばに立つヴィクトが続きを促した。

「うむ……。次の選択肢だが……このままアイアード公爵領を封鎖する」

「は⁉」

声を上げたのはクラスの誰だったかわからない。

だがその意味を理解した人間から、同じ反応を見せ始めた。

「災厄が病魔だというのならば、ここで食い止められる可能性もある。過去災厄がもたらした被害は人類の半数以上を死に追いやるほどのものばかりだ。公爵領一つで抑え込めるのならば安い」

当然その顔には苦渋がにじみ出ているが、口に出した以上批判は避けられない。

「それじゃあ領地の人たちは見殺しってこと……？」

「むしろ出さないようにするなら見殺しよりひどいんじゃ……」

「え……え……私のスキルももしかして、それに使われる……？」

結界を張るスキルを持つクラスメイトが心配そうにつぶやく。

「勇者の皆はこの作戦を遂行する場合、これまで通り宮廷で準備をしてもらう」

「準備……？」

「災厄が動いているのがわかっているのだ。公爵領の国民の犠牲を無駄にせぬためにも、災厄への備えをこれまでより一層力を入れて行う」

「あれ？　じゃあ今まで通りってこと……？」

ほっと息を吐くクラスメイト。

ここに来てもまだ彼らは、世界の危機など遠い世界のことだと思い込んでいた。

原田もこの作戦に乗れとクラスの人間たちに目線を送る。

だが……。

「待って。日野さんはどうなるんだ？」

ある男子の一言が、空気を変えた。

「え……。戻ってくるよね？」

「だって封鎖されちゃうんだし……」

そう当然のように言い合うクラスメイトに、冷たく国王がこう告げた。

「勇者メグムは、このまま領内に留まってもらう」

「は……？」

今回は先ほどより多くの声が上がった。

都市の封鎖の意味はわかる。

そこに多数の犠牲者が出ることもわかる。

だがその犠牲は勇者たちにとって、顔も名も知らぬ人間たちでしかなかった。

数字の上での犠牲でしかなかったのだ。

それが……。

「待って。日野さんは人助けのために……」

「恵《めぐむ》……」

「え……え……」

日野恵という存在の犠牲の上に立つ作戦とわかったことで、勇者たちの間に混乱が走る。

だがこの状況でなお、自分のことだけを考える原田は、周囲がどう思うかなんて考えずにこう言ってのけたのだ。

「恵……ごめんね」

本人は悲劇のヒロインを演じたつもりだった。

クラスメイトを助けることができず打ちひしがれる少女を演じたつもりだった。

だがクラスの人間たちは何もまだ、日野を犠牲にすることを選んだわけではない。

自分が何か少しでも動こうという意志がなかったから、原田だけが先走ったのだ。

そしてその行為は皮肉にも、原田以外のクラスメイトたちを奮い立たせる材料になった。

「私は、日野さんを助けたい」

「俺も……流石にこのまま見殺しなんて……」

「私も……」

「少しでも戦わなきゃ……」

　クラスの空気はすでに、日野救出のため、ダンジョンに挑む方向に傾いていたのだ。

「というか原田……あいつもう自分だけ助かろうってことかよ」

「やっぱだめだわ。もう我慢できねえよ。あんなのが好き勝手やってんの」

「あいつだけ残せばいいじゃん。いやもう王宮にもいられないんだっけ？」

　これまでの鬱憤を晴らすように、一斉に不満が噴出し原田を責め立てた。

「ていうか、日野さんが行くときも感じ悪かったよね」

「ここじゃあんなに強いアピールしてるのに全然ダンジョン行かないし、ね」

　準攻略組だった人間からすればこんな声が上がるのも当然だった。

　原田のスキルは明らかに戦闘向きだったにもかかわらず、役にも立たない料理だ癒しだとのたまってロイスに迫ったくらいには見当違いな人間だ。

　恐怖心から従っていたクラスメイトたちも、それ以上の脅威を前に目を覚ます。

「待って……待ちなさいよ！　好き勝手言って――」

　睨みつける先が定まらないほどに、原田の敵はいつの間にか多くなっていた。

　どこに圧をかけたって、もはやこの空気はどうしようもなかった。

　そこで次に原田が取る行動は……。

「うっ……うっ……私だけそんな……悪者みたいに……」

泣き落とし。

だがこれも、誰にも届くことはない。

本心がバレているうえに、いまだ原田は自分がこうすればどう見えるかという判断軸がぶれているのだ。

純粋に傷ついたことをアピールすればもう少し優しくされたかもしれない。

だが原田は、泣き落としを自分を演出するための道具として使っていた。

それが透けて見えるのだ。

こんなに可哀想な私を誰か助けろという身勝手な思いが。

泣いて弱った私は可愛いだろうという傲慢な思い込みが。

「もういいよ、お前」

冷たく放たれた言葉にバッと顔をあげた原田だが、もはや誰が言ったかもわからない。

それだけ皆一様に、同じ目で原田を見ていた。

そして同時に、泣いていた仕草がほとんど嘘であることもバレる。

「俺たちは行くよ。仮にも勇者って言われたんだし」

「一応倒せるようになってんだろ？　災厄って、勇者なら」

「だよなあ？　じゃないとクソゲーすぎるって」

「難波たちも戻ってくりゃなんとかなるっしょ」

男子たちはゲーム感覚で自分たちを鼓舞する。

「感謝する……勇者諸君……」

国王としても後者は選びたくない選択肢だったことがよくわかる表情だった。

「そうと決まればすぐに動き出さなくては」

「騎士団はすでに送り込んだ者以外にも準備をさせてあります」

「ギルドに協力を要請し義勇兵も募っております」

次々に大臣らが動き出す。

「おい、俺のスキル使えるか最後に確認したいんだけど」

「私も……！」

「急がないと時間ないし準備もしなくちゃ」

勇者たちも前を向く。

フィリアとヴィクトも慌ただしく駆け出す。

本気で難波たちを投入する必要があるかの検討も必要だが、今やそれ以上の戦力となった最強の勇者たちを動かすために。

原田だけがその場に取り残された形になったが、もはや気にかけるものは一人もいなかった。

◇

「ギッ！　ギッ！」

慌ただしく一匹のゴブリンが俺たちのいる家までやってきた。

異世界の森の中に異質に佇む家に現れるゴブリンという構図はなかなかシュールなのだが、そんなことを言っている余裕はなさそうだった。

「遥人くん、なんて言ってるんですか？」

「ああ、とにかく来てくれって」

俺の言葉が終わるより早く美衣奈《みいな》が走り出す。

「おい……」

「私たちも急ぎましょう」

必死の形相のゴブリンに引き連れられて、俺たちは見晴らし台のある防衛ラインに向かったのだが……。

「ギッ！」

「ギィッ！」

「ギッ！　ギッ！」

「なんだなんだ……わかったから順番に……」

ゴブリンたちが必死に俺に何かを伝えてくる。

指さすのはアイアード公爵領の方向だ。

先日の地震のような揺れと爆発的に増えた瘴気を気にして見張りを増やし、少しでも異変があったら伝えるように言っていた。

日野を心配する美衣奈がすぐに走り出すのも仕方ないほどの変化だったからな、あれは。

「遥人……！」

そして次に何かあればすぐに動くというのも、美衣奈との約束だった。

「わかってる。けど……一度話を聞いても良さそうだぞ」

「え……？」

ゴブリンたちが必死で指し示す方向には、馬に乗って駆けてくるロイスの姿があった。

◇

「はぁ……はぁ……すまない……」

「いや、それはいいんだけど……」

相当急いできたのだろう。

馬に乗ってきたとはいえ乗馬はそれだけで体力を消耗する。

必死のロイスを座らせて飲み物を与えて落ち着かせた。

「何があったんだ」

「あの揺れは、この領地にも？」

ロイスが言う。

髪が乱れたせいで片眼が隠れていて、これまでと何か雰囲気が違って不思議な気持ちだ。

今はそれはいいか。

「揺れは大きくなかったけど、その後の瘴気の溢れ方はこっちでも心配してた」

「なら話が早い……。こんなことを頼むのは申し訳ないけれど」

「それより」

ロイスの言葉を遮って美衣奈が口を挟んだ。

「恵は無事なのよね？」

「メグム……まだ無事のはずだ。瘴気は溢れたとはいえまだ外に影響はない。ただ彼女は自分を顧みずにヒールを繰り返して消耗し続けて――」

「無事ならいいわ。遥人」

「わかってる……。ロイス、これから何を言われても、俺たちはアイアード領に踏み込む」

俺たちがそう伝えるとロイスは張り詰めていた糸が緩んだように笑みを見せた。

「良かった」

「良かった……？」

かれんが疑問をぶつける。

「私が来た理由も、まさにそれなんだ」

ロイスの真意を確認する。

「アイアード公爵が認めたのか？」

「いいや。これは私の意志だ。父はまだ認めていないが……そんなことを言っている場合じゃない。頼む！　望むものはなんでも用意する！　だから彼らを……領地を……救ってほしい」

涙ながらにロイスが訴えかけてくる。

「なるほど」

立ち上がって美衣奈とかれんと目を合わせる。

うなずき合って、ロイスに答えた。

「任せろ」

「助かる……君たちの元に私が助けを求めに来たという事実があれば、その後の処理で迷惑を少しでも減らせるはずだけど……いっそもう、父ごと……」

ロイスの悲痛な思いに答えたのは、ちょうどよく領地に戻ってきたフィリアだった。

「そこまでする必要はありませんよ」

「フィリア⁉　なんで戻って――」

「もちろん、もう王都に残る理由がなくなったからです。勇者ハルト」

フィリアが王女としての立ち振る舞いを崩さない。

真剣な表情で、こう続けた。

「エルムント王国第一王女、フィリア＝エルムントより勇者ハルトへ、アイアード公爵家の混乱を収め、見事災厄の原因を断ってください」

「災厄で確定なのか？」

「そうでなくとも、病魔の巣窟の異変は災厄級の事態です。ロイスさんが心配される後処理にもついても、もはやそのような余裕のない事態と判断されました」

「そっか……。私の行動はやっぱり、少し遅くて、何も意味がなかったか」

「そうではありませんよ、ロイスさん。いえ、アイアード新公爵、ロイス＝アイアード」

「――っ⁉」

「本当はハルトさんにアイアード公爵家まで吸収してもらおうかと思っていましたが、やはり混乱は避けられません。領民を思う領主がまだいるのなら、任せるに足ります」

フィリアが明るくそう言うが、それはつまり……。

「現公爵は……」

「引退していただきます」

静かにそう告げる。

「騎士団の報告がいくつも上がってきているのです。ロイスさんであれば、わかりますよね？」

「……ああ」

ここであえてその話を出した理由はまあわかる。

ロイスは父である公爵をこのどさくさで殺してもいいと、そう俺たちに告げたわけだからな。

そこまで残酷な結末にはさせないという、フィリアの意志だった。

それでも自分の父の領主としての終わりが確定したことはロイスにとって複雑なんだろう。

だがその想いは押しとどめて、ロイスは立ち上がってこう言った。

「足手まといかもしれないけれど、私も同行したい」

確かに今の俺たちにとってみれば、ロイスは戦闘面では本人が言う通り足手まといになるかもしれない。

だがその目に宿る決意を見れば、断る理由など消えてなくなる。

「遥人、ライたちも呼んだわ」

「グルゥ」

ライ、レト、ルルたちがやってくる。

レトの群れも一緒に来たので一匹はロイスに乗ってもらおう。

「ロイス。この子を。群れでも一番頼りになるやつだ」

「ガウッ！」

応えるようにロイスにアピールする。

「かたじけない」

ロイスは涙を隠すようにそのオオカミに近づいていった。

一緒に来たリッドは……。

「俺たちもいつでも行けるっす！」

「助かる」

ダンジョンの攻略だけなら少数でいいが、何が起こるかわからない。

防衛ラインを上げるイメージで、リッドたちにも動いてもらう。

「行くか」

巨大オオカミに乗るのに戸惑っているロイスを手伝いながら、アイアード公爵領との境界を越えて俺たちも走り出したのだった。

第七章　病魔の巣窟

「ええいロイスはまだか！　王都は何をしておるのだ⁉」

瘴気の増大を確認して以降、人の出入りこそ抑え込んだアイアード公爵だったが、もはや瘴気そのものが溢れており館が飲み込まれるのも時間の問題となっていた。

それだけの瘴気だ。

主であるダンジョン内のボスが溢れてきたらひとたまりもないが、ここに来てもなおアイアード公爵は最悪の事態を想定できていなかった。

「くそ……ロイスは何をやっている……。このまま瘴気が発生し続ければこの館まで飲まれるぞ……」

館の被害や自分の生活の心配ばかりで、まだ事態を深刻にとらえきれていない。

王都や遥人《はると》たちへの警戒心から自国の軍も動かさず、かといって戦争を起こすほどの状況とも思っていない。

ロイスが援軍を連れてきたら、その分自国の兵力を温存できる。

王都からも勇者を寄こせば、さらに自兵の温存に加えて王都の戦力まで削れる。

この非常事態を前にしながらまだ、その程度しか考えが及んでいなかったのだ。

そんな中……。

「急報です！」

「なんだ」

走り込んできた従者が息を切らしながら放った言葉は、アイアード公爵にとって青天の霹靂だった。

「西より多数の軍勢が迫っております！」

「ほう……。ようやく王都が動い――待て。西だと？」

「はっ。勇者率いる新勢力かと――ひっ……」

言い終わる前に従者の首元を摑んで持ち上げる。

「攻め込んできたのか⁉　この混乱に乗じて」

「おそらく……げほっ」

アイアード公爵から離れた従者は首元を押さえながら咳込む。

「くそ……だがいい。温存した兵力をすべてぶつけろ。この状況で攻め込んでくるような愚かな貴族はこの国には要らぬ。完膚なきまでに叩き潰せ。王都も流石に認めるはずだ」

未だに自身の優位を信じて疑わないからこそ出る余裕。

このときすでにアイアード公爵は貴族として詰んでいるのだが、それに気づかない。

すでにフィリアが、そしてロイスが動いたうえでこの状況だ。

公爵領に攻め入った遥人たちを迎え撃つというアイアード公爵の描いた構図ではなく、災厄を止めるために動いた勇者を妨害したという、後世に名を残すほど大きな過ちを犯していることに、まだアイアード公爵は気づいていなかった。

◇

「さて……予想通りというかなんというか……」

アイアード公爵領に踏み込んでしばらくすると、前方から土煙が上がった。

「やはり父上は……」

ロイスから事前に伝えられていた通り、俺たちが領地に踏み込めばアイアード公爵は温存していた戦力をぶつけてきた。

「遥人、いいのね？」

ルルに乗った美衣奈《みいな》から声が届く。

「任せた」

最速でここを抜けたいうえに、無駄な犠牲も出したくない。

ひとまず美衣奈の魔法で威嚇して、戦意を削いでどいてもらおうということで
……。

「行くわ……！」

ルルの上から美衣奈が叫ぶと同時に、無数の魔法陣が上空に展開される。

無数……？

「これ、やりすぎじゃないか？」

「流石に美衣奈さんも加減はすると思いますよ」

冷や汗をかきながら、レトに乗るかれんと顔を見合わせる。かれんも苦笑いしていた。

流石に全員吹き飛ばしたりはしないよな。

「グランド・ストーム」

ドゴン、と地面が抉《えぐ》れる音がしたかと思えば、あたりが火の海に包まれる。

上空には雷雲が立ち込め、無数の雷がアイアード公爵軍の行く手を阻んでいた。

もはやこれが災厄だと言われても信じるくらいの地獄絵図を広げた美衣奈は……。

「あー、ちょっとスッキリしたかも」

「ええ……」

流石にかれんが引いていた。

普段どれだけ持て余していたんだ……。

「敵に回したままにしなくて、本当に良かった……」

ロイスが心の底からとわかる声音でそうつぶやいていた。

「当ててないよな？」

「当然。あの程度でコントロールミスしたりしないわよ」

「あれであの程度なのか……」

【魔法強化】なんてシンプルなスキルと思っていたところがあったが、勇者としての根本のスペックに、テイムによる強化が合わさったことでとんでもない兵器と化していた。

「それより、混乱してるうちに行くわよ」

「あの火の海に飛び込むの、俺も怖いんだけど……」

「何言ってんの。ほら、道は開けてるじゃない」

美衣奈が指し示す先には綺麗に、炎の海と雷の雨を避けた一本道が開かれている。

「モーセでしたっけ……あの海割るやつ。あれみたいですねぇ」

苦笑い気味のかれんが言う。

なんかそんな伝説聞いたことあるな……。

「ハルトさん、本当に念のためレベルではありますが、国境防御にも戦力は残したほうがいいかと」

「ああ。元々そのつもりだよ」

フィリアの心配はよくわかる。

このまま連れてきた魔物たちごとあの敵の海を越えれば、領地はがら空きだ。

「リッド、あとは頼めるか」

「なんかいつの間にか結構重要な役割になってるっすねー……。でも大丈夫っす。この子たちがいたら」

一緒に行くのはルル、ライ、レト、そしてフィリアとロイスが乗るレトの群れの一員たち。

他の面々はリッドの指揮のもと、ゴブリン、オーク、オーガ、ワーウルフなどと残る。

一部はリッドと同じようにレトの仲間に騎乗しているしな。

今前方にいる戦力では、彼らに傷をつけることはできないだろう。

突破など考えるまでもない。

「よし……行くか」

ライに合図を出す。

「もう一発くらい撃っておく？」

「いや、十分だろ」

上機嫌な美衣奈にそう答えて、俺たちは敵陣のど真ん中の突っ切って、瘴気の溢れるダンジョンへと直行したのだった。

◇日野《ひの》恵《めぐむ》視点

「勇者様！　もうここはダメです……あなたまで犠牲になる必要はない！　すぐに

逃げなくては……！」

「まだ……まだ私の助けを求めてる人がいるんでしょ」

「ですが……！」

瘴気の溢れたダンジョンに近い教会に残った日野は、連日休むことなく回復魔法《ヒール》を放ち続けていた。

誰の目から見てももう、体力の限界が近い状況で、それでも日野は懸命にヒールを唱え続ける。

「勇者様というのはこうも献身的なものなのか……」

ロイスに代わる形で付き人となった男はジルという、教会に長く仕える神父だった。

ジルの視点では日野は献身的な少女に見えただろう。

自分の危険も、疲労も、何もかもを度外視して、ただひたすらに領民を助け続ける日野の姿は、教会という場所も相まって、さながら女神や聖女のように輝いて見えていた。

「……とにかく、一人でも……」

だが日野の胸中にはそのようなキラキラした余裕などない。

元の世界ではカースト上位に位置し、誰にでも明るく接し、誰からも愛される少女だ。

元々優しさを持ち合わせていないとは言わないが、その容姿と性格から、どちらかといえば誰かに与えられることのほうが多い、そんな人間だった。

この世界に来ても、与えられた能力は【聖魔法】という、選ばれた人間にふさわしいもの。

難波《なんば》たちと攻略の最前線に立ったのは、別にそれで自分が困らなかったからでしかない。

もし能力がなく、ついていけないと思っていたなら、早々に日野は難波たちから離れてそれこそ原田《はらだ》のように生活班を引っ張る存在になったと考えられる。

「勇者の名に恥じない活躍を……私も……」

朦朧とする意識をつなぎとめるためになんとか口に出してヒールを繰り返す。

もう残っているのは避難に遅れた……もっと言うなら、避難も困難になった領民ばかりだ。

日野の無事を願う一方で、この場所にいる人間からすればもはや逃げたところで救いがあるかもわからない。

だからこうして、日野と共に最期を覚悟して、教会に留まっていた。

「やらなきゃ……私が……」

勇者の名に恥じないように……。

いや違う。

彼女が求めるのはただ……。

「親友と、美衣奈《みいな》合わせる顔がなくならないように……」

その一心が、彼女を奮い立たせ続けていた。

「一人でも、多く助けるから」

そう決意する。

もはやこの場所がどうしようもない地獄であることも日野はわかったうえで、最後まであきらめないのはただ親友に認められたい一心だった。

そんな中……。

「うおおおおお」

「助かる！　助かるぞおおお！」

「え……？」

外が騒がしい。

もはや騒ぐ体力なんてない人間しかこの辺りには残っていないはずなのに、と日野が首をかしげている。

「勇者様はこちらに。私が様子を見てきます！」

ジルがすぐに飛び出そうとするが、それより早く……。

「恵！」

「え……」

飛び込んできたのはずっと思い続けた親友の姿だった。

「大丈夫？　ボロボロじゃない！　ほら、目の下もクマがひどいし……そういうのずっと気にしてたのに」

駆け寄ってきた美衣奈に抱きかかえられる形になった日野が、ついていけずに戸惑う。

美衣奈はあくまで明るく、いつも通りを演じようとしていたのだが……。

「美衣奈……？」

日野のその声を聞いて、美衣奈は日野を抱きしめて言う。

「そうだよ。久しぶり」

優しく、包み込むような声で答えた美衣奈のその声を聞いて……。

「美衣奈……美衣奈！　うわぁあああああああ」

それまで耐えてきた色々なものが決壊するように、日野の感情が爆発した。

◇

ルルを飛ばして先に行った美衣奈に追いついたのは、ダンジョンのすぐそばにある教会だった。

随分久しぶりに見る日野がすやすやと美衣奈の膝枕で眠っていた。

状況を見れば日野が何をしてきたかはわかる。

それを証明するように、近くにいた神父が声を上げた。

「ああ、勇者様方……。勇者メグム様は献身的にこの村を支えてくださいました……すぐにお逃げください。ここはもう……」

「逃げる……？」

「公爵様はこの土地を事実上封鎖しております。つまりもう、この周囲は……」


「寝ちゃった」

「ああ……無事だったなら良かった」

神父がうつむく。

ロイスには聞いていたが、中の人間からすれば悲愴感は格別だろう。

小声で言ったあたり、神父でなければその状況も伝わってはいないのだろうけど、
それにしても立ち込める瘴気や犠牲者の数を思えば希望のない状況に変わりはない。

「遥人くん、外の皆さんには配り終えました」

「残りはこの神父にお願いしよう」

「え……？」

外で治療薬を配っていたかれんが戻ってくる。

治療薬だけではなく魔改造された栄養剤のような薬品まで配っていたみたいだけど……まあ大丈夫だと思おう。フィリアも止めてないことだし。

とりあえずこれで、生存者の安全は確保されたはずだ。

「はい、どうぞー」

かれんが軽い調子でどんどん鞄から薬を出して神父に押し付けていく。

「これは……」

戸惑う神父にとりあえずそのまま薬を押し付けてこう伝えた。

「これが治療薬と……あとはフィリアもここで。回復した人から念のためダンジョ

ンを離れていってほしい」

「フィリア殿下⁉　すみませんいらっしゃるとは思わず……」

「いえいえ。よくやってくださいました」

フィリアの姿を追う領民の目は、女神でも降り立ったかのようにキラキラとしていた。

「皆さんも、もう大丈夫です。勇者カレン様の作る治療薬の効果は、私のこの眼が保証します」

「おお……」

神秘的な光に包まれるそのスキルのことは、領民にも知られているようだ。

手を合わせて拝まれていた。

「フィリア、こっちは任せるよ」

「ええ。すみません。任せきりになってしまい……」

申し訳なさそうにするフィリアに大丈夫だと笑いかけ、外に出る。

美衣奈とかれん、そしてロイスと顔を合わせて、ダンジョンに向かった。

俺たちがこの地獄を終わらせよう。

◇

病魔の巣窟と呼ばれたダンジョンに踏み込んでしばらく。

同じような景色を見続けながらライに走り続けてもらっていた。

「この毒の池みたいなのは元々なのか……瘴気のせいでこうなってるのかわかりにくいな」

ライに乗っているだけだし、三階層まではマッピングされていた。

ここまでは苦戦らしい苦戦もなく順調に、すでに五階層にたどり着いていた。

元々広くないダンジョンのようで、ボスにたどり着くのも今日中だろう。

「すでにマッピング範囲は終わっていると言うのに余裕がすごいですね……」

ロイスが冷や汗をかきながら言う。

レトの仲間の中でも最も身体が大きく頼れる存在に乗っているので、ここまででで危険にはさらされていないのだが、それでも恐怖心はあるだろうな……。

俺たちも最初にダンジョンに入ったときは緊張感があったし、落ちたときは絶望したし……。

「いざとなったら遥人くんに【テイム】してもらえば力も増しますし、さっき渡した薬を飲んでたら一回くらいは死んでも大丈夫ですよ」

涼しげにかれんが言う。

「かれんの【調合】ほんとになんでもありになったな……。さっきの美衣奈の大魔法も化け物じみていたけど……」

「あはは。まあボクからしたら遥人くんも大概ですし、美衣奈さんももちろんなので……だからあんまり怖くないですねー。もうダンジョンも」

「それはそうかもな」

もちろん気を抜くわけではないが、それでも信頼感が違う。

「なるほど……」

ロイスも納得したように笑っていた。

「ま、でもそろそろちゃんと集中したほうがいいわね」

美衣奈が言う。

五階層を抜けようかというところまで来たところだ。

俺も感じ取れるほどの瘴気と、圧倒的なオーラを感じる。

「ほんとに狭いダンジョンだったな」

ここまですぐ階層攻略が終わるとは思っていなかったが、どうやら次がラストらしい。

「三階層までのマッピングでも年単位でしか進まなかったのですが……というより、この移動速度はダンジョン側も想定していないのではないでしょうか」

「あー……」

レトたちの全力疾走だもんな。

戦闘は極力避ける形ですり抜けていることもある。

普通ならダンジョン正面で敵とぶつかったら、そのまま素通りは挟み込まれて死ぬ危険性が高いのでタブーとされている。

今回は全部置き去りにする速度だったし、背後をつかれた程度で美衣奈の魔法を突破できる魔物はいなかったので無視してきたんだけどな。

「ま、階層をまたいで追いかけてくる魔物はいないし、おそらく次が、この瘴気の主の間だと思うから気を付けよう」

「気を付けよう、という割にあっさり進みますね……」

ロイスは戸惑うばかりだが、理由もあった。

進みながら美衣奈も、表情を引き締めていた。

「美衣奈、多分だけどこれ――」

「うん。急いで損はないわ」

「どういうことですか？」

元々アイアード公爵領に入る前から感じていたことではあるが……。

「瘴気の主、どんどん強くなってるから」

「えっ⁉」

「瘴気が溢れるようになったのもそのせいですよねぇ。これは」

かれんも感じ取っているんだろう。

間延びした声とは裏腹に、表情を引き締めている。

そうこうしているうちに階層の切り替わりのポイントまでやってきていた。

「では改めて、お二人はこれを飲んでもらって、いくつかポケットにでも入れておいてください」

かれんが調合薬を渡しながら言う。

荷物も戦闘に参加するルルとライから外してレトに預ける。

レトも戦いたそうにしてはいるんだが……。

「ごめんな。でもこれがなくなったら終わりだから、任せられるか？」

「キュオォオオオン」

撫でながら荷物を託すと、応えるように鳴いてくれた。

実際かれんの調合薬や俺たちの食料や水なんかはなくなると詰む可能性はあるからな。

今回、飛べる俺はライと動きつつ、空中戦にも対応する。

美衣奈も風魔法を駆使すればある程度は動けるんだが、ルルがいれば盤石だ。

「そういうわけだから、行くわよ。二人は後方支援で」

そう言って美衣奈から踏み込もうとしたのだが……。

「いえ、私もぜひ……」

ロイスが申し出る。

「もちろん、お二人の足手まといであることはわかっていますが……スキルを明かします」

急いだほうがいいと言われている状況だが、それでもロイスがわざわざそう言ったということは……いやそもそも、ロイスほどの人間がわざわざ付いてくると言ったということは、自分の意志以上の意味があるんだろう。

三人でロイスに注目する。

「ありがとうございます。スキルは【反撃《カウンター》】。シンプルですが、相手が強ければ強いほど力を発揮しますし、私自身の身もこれである程度は守れます。カレン様の調合薬に頼らざるを得なくなればすぐに離脱しますので、ぜひ……」

「カウンターか。すごいな」

「それで【鑑定】も通らなかったんですか……。なるほど」

「いいじゃない。何してくるかわからない相手だし、助かるかもしれないわ」

「ありがとうございます！」

俺たちの反応にパッと表情を輝かせる中性的な美青年。

表情一つでも惹き付ける何かを持っているな。

「じゃあ改めて」

「行くわ！」

ボスの間と思われる階層に向けて、ゲートをくぐった。

「これは……」

「メフィリスの幻術のステージみたいね。実物のようだけど」

広がっていたのは花畑だった。

洞窟内部のようなダンジョンから急に現れた花畑は逆に異質で不気味な雰囲気を

放っている。

しかも周囲は当然ながら、瘴気が漂い続けているからな。

美衣奈の言う通り、メフィリスが作り出した幻術のような感覚はない。

つまり……。

「来るわよ！」

美衣奈がそう言って、全員その場から飛び去って離れる。

「グァアアアアアアアアアアアアア」

大地を震わせながら現れたのは……。

「なんだ……あれ……」

「スライム……？」

「スライムにしては大きすぎるじゃない……！」

瘴気の塊のような、紫色の不定形の化け物が現れる。

美衣奈が言った通りサイズが規格外すぎる。俺たちが作ってもらった一軒家どころか、屋敷と同じくらいのサイズだろう。

現れただけでダンジョンが崩壊するかと思うほどの衝撃が走るくらいだった。

「まずは小手調べね」

美衣奈が魔法の準備をしていると……。

「あれ？　様子が……」

魔物は美衣奈の攻撃に備えるわけでもなく、なんと背を向けて走り出したのだ。

走っているのか、なんなのかはともかく、この場を離れようと後ろに動き出したことはわかる。

「勇者に恐れをなしている……？」

「成長途中ってことは、逃げればチャンスがあるってこと……ですか？」

「とにかく追うしかない！」

動き出した巨大なスライムを追いかけるが、足元にスライムの残す体液があるせいで思いのほかスピードが出ない。

体液はこれまで見てきた瘴気の池の塊のようなものだ。

シュウと音を立ててダンジョンが一部溶けている。

「くっ……どうするつもりなのよ！」

スライムに向けて美衣奈が魔法を放つ。

軽く打った炎魔法とはいえ、美衣奈の魔力で放たれているのだからとんでもない威力なのだが……。

「吸収されてる……？」

「効いてるのかなんなのかわからないですね」

ダンジョンが溶けるのと同じように、音を立てて蒸気のようなものが出るのだが、それだけだ。

速度も緩むどころか逃げ足が速くなっていく。

「一体どこに……まさか……」

俺が考えに思い至ったときにはすでに、ロイスがその可能性に気づいていたらしい。

元々【反撃】を信用して最前衛を買って出たロイスだが、その速度が上がったのだ。

レトの仲間のオオカミも、ロイスに応えたことになる。

「すみません！　ですが私だけでも……！」

それだけ言い残すようにして、ロイスはスライムの化け物に追いつくのではなく、道を外れて追い越しにかかる。

俺たちが今から行くには追い付けない絶妙なタイミングだ。

「ロイスさんは何を⁉」

かれんは後ろにいて気づくのが遅れたんだろう。

「あの化け物、ダンジョンを出ようとしてる！　ダンジョンクリアの出口を使って！」

「なっ⁉　あんなの外に出したら……」

外もひどかったが、ダンジョン内は瘴気の濃さが違う。

俺たちはかれんの調合薬のおかげでなんとかなってるが、もはや息苦しさだけでも相当なダメージになるほど、あの化け物の周囲は危険だ。

単純に動くだけでもダンジョンそのものに傷をつけるほどの何かを放つわけだし、質量だけであらゆるものを壊し尽くすパワーがある。

「本当に出られるのかは知らないけど、出たらすぐに囲い込む……！」

「わかりました！　ボクも魔法で援護します」

美衣奈ほどでなくともかれんも魔法の威力は高い。

なんとか被害を出さないように食い止めたいが……。

「狙いはこの出口、そうだろう⁉　化け物め！」

ロイスが立ち塞がる。

ご丁寧にオオカミから飛び降りてたった一人で、迫りくる化け物に向き合っていた。

「来い！」

ロイスの身体が光りを放つ。

スキル使用時特有のその光も、ロイスの覚悟も……。

「グォオオオアアアアアアアアアアア」

覆い潰すように、化け物はダンジョン出口に突入していった。

「ロイス！」

踏み潰されたように見えたロイスだが、どうやら弾き飛ばされて岩に打ち付けられたらしい。

まだ距離が遠くて確認ができないが、かれんの薬のおかげかダメージはない様子だ。

「ぐっ……すみません……」

とはいえ、取り逃したことに対する責任を強く感じていたようだ。

「いや、俺たちがもっとしっかりしないといけなかった」

ロイスの意志を継ぐ形で、俺たちが食い止めないといけないと思いライを急がせようとしたが……。

「キュオオオン」

「君は……」

ロイスを乗せていたオオカミが、ロイスを咥《くわ》えて再び背中に乗せて走り出す。

俺たちも全力でダンジョンの外を目指すが、あちらのほうが早いだろう。

「もう一度、チャンスがあるんだね」

「クゥン」

いつの間にかしっかりと信頼関係ができていたらしい。

彼らならひとまず、任せられる。

「美衣奈！」

「ええ。大丈夫。出たらすぐに」

ロイスたちに追いつけなかったのは、ロイスのほうが気づくのが早かったこともあるし、真後ろからスライムを追ったせいで体液を避けないといけなかったからというのもあるが、それだけではない。

「これだけの威力で吹き飛ばせば、いけるわよね」

美衣奈に魔法を溜めてもらっていたのだ。

そして俺は……。

「ある程度吹き飛ばしてくれたら大丈夫」

化け物と化したあの魔物を注視して、対策を考えていた。

何はともあれ、一度外に飛び出してからが勝負だった。

◇クラスメイト視点

「逃げろぉおおおおお」

王宮にいた勇者たちがアイアード公爵領に入ったのは、遥人たちがダンジョンに入ってしばらく経ってからのことだった。

目的はダンジョンを攻略すること。

すなわち瘴気の原因を断つことである彼らは、森を抜けて真っ直ぐにダンジョンに来ていた。

ようやく着いていて、準備を整えてすぐにでもダンジョンに踏み込もうと心身共に準備を始めた……そんなタイミングで。

「グアァアアアアアアアア」

「なんだよあれ⁉」

「【プロテクト】！　【プロテクト】！　……無理！　効いてそうにない！」

不運にもダンジョンを脱出したスライムの魔物と、ほとんどゼロ距離で鉢合わせてしまう。

「きゃぁああああああ」

「落ち着くのだ！」

一緒にやってきた騎士団もなんとか混乱を鎮めようとするが、ローグス失脚以降、騎士団員も改編が行われまだ整い切っていないという状況もありまとまりきらない。

「なんでいきなり……」

「どうしたら……」

元々ほとんどが戦う力を持たない勇者たちの前に、美衣奈の魔法でも傷がつかなかった化け物が現れた。

逃げるほかないのだが、腰を抜かして動けなくなる人間も多数出てくる。

とはいえスライムにとってもダンジョンを脱出しこんなに早く何かと出会うとは思っていなかったのか、少しだけ動きが大人しくなり、混乱したように戸惑った動きを見せた。

そしてその隙を、いち早く追いついたロイスは見逃さなかった。

「こっちだ！　化け物！」

ロイスはかれんから預かっていた調合薬を投げつける。

「グギャァアアアアアア」

元々瘴気が原因となった病気を治すための治療薬だが、この世界にはポーションを投げられてダメージを負う相手がいることを、ロイスは知っている。

だから一か八か、少なくとも気を引ければと投げ込んだのだが、意外にも効果は覿面《てきめん》だった。

勇者たちから背を向け、まっすぐロイスを見据えた化け物は……。

「ギャァアアアアア」

森中を震わせる叫び声と同時にロイスに突進してくる。

「今度こそ……」

そうつぶやいて、精神を集中させる。

【反撃】のスキルは、普段はパッシブで発動するものだ。

だが意識的にこのスキルを発動させたときは、普段よりも大きな力を跳ね返すことができる。

これはロイスが長年の研究と研鑽によって発見し磨いてきたからこそできる技術

だ。

並の人間に【反撃】のスキルを持たせても、なんの努力も重ねず、ただの防御スキルで終わっていただろうが……。

「行くぞ！」

ロイスにとってそれは最大の盾であり、剣となる。

光り輝くロイスとスライムのぶつかり合いは、一度目と同じく、ロイスを吹き飛ばす結果になる。

だが一度目と異なり……。

「グルァアアアアア」

スライムもまた体勢を崩す。

一瞬ではある。

だがその一瞬をつなぐ人間がまだ、この場にいた。

「ホーリーランス！」

「ギャアァアアアアアアア」

走り込んできたオオカミはロイスが乗っているのと同じ種類の巨大な魔物だ。

魔法はごく一部の限られた人間にしか使えない至高の特殊属性、【聖魔法】。

これをこの威力で放てる存在など、ロイスは一人しか知らなかった。

「勇者メグム！」

「なんかわかんないけどすっごい回復したから……！　とにかくこいつ、押さえればいいんだよね⁉」

美衣奈との再会。

感情の爆発。

そしてかれんの調合薬によって完全に回復した日野は、別人のように……正確には元の彼女のように明るくロイスに確認した。

「ええ！　中に勇者ハルト、ミイナ、カレンがいます。彼らが来るまで押さえておけば――」

ロイスも明るく、日野に返したところだった。

「もう充分よ」

上空から、美衣奈の声が降り注ぐように二人に、いや、クラスメイトたちを含めたこの場にいた人間たちに届いた。

「インフィニティ・インパクト」

ドン、と鈍い音が森に響く。

次いで振動。

上空から魔法の塊のようなものが落とされたものだとみんなが気づいたときには……。

「ええ……」

「どうなってんだよこれ⁉」

ドン、ドン、と無数の魔法が降り注ぐ。

風魔法のはずだが、もはや何がなんだかわからないほどの規模で放たれた魔法を前に、スライムが身をよじって逃げ出そうとする。

が、それも阻む形で無数の魔法がスライムを押し潰し、行く手を塞いだ。

魔法は行く手を阻むと同時に、スライムの身体をじわじわと削っていく。

そして……。

「遥人！」

「ああ！」

ライに乗った遥人が美衣奈の魔法をかいくぐりながら飛び込んでいく。

露出したスライムの核をめがけ走り込む遥人。

遥人は美衣奈のように、強大な魔法は持っていない。

彼にできる唯一にして最大の攻撃は……。

「【テイム】！」

遥人の叫びに応えるように、スライムの中にいた何者かが遥人を見る。

ダンジョン内で遥人は、この魔物の正体を見極めていた。

すれ違いざまに、その魔物が遥人に抱き付くように飛び込んでいく。

「お前のおかげで、被害が少なくてすんだよ」

魔物を撫でながら遥人が言う。

残ったスライムも、美衣奈の魔法によって次第に霧散していったのだった。

エピローグ

「ボクの役目、結局なかったですねえ」

「いや……一番活躍したんじゃないのか？」

治療薬が行き渡るのを見ながら言う。

魔物が外に出たことで混乱は生じたものの、ロイスと日野《ひの》のおかげで被害はゼロだったらしい。

二人がいなければクラスメイトたちは何人かやられていてもおかしくなかった。

結局今はバタバタしていて俺とかれんと美衣奈《みいな》はぼーっとクラスメイトたちを眺めているくらいの状況だ。

「この子、元々あのダンジョンのボスになり得る子、だったんですよね？」

「ああ。病魔の巣窟っていうくらいだし、ダンジョンボスが病魔を発生させてるのかと思ったけど、どうやら違うらしいな」

「クルル!」

可愛らしく鳴いて俺の腕に巻き付いてきたのは、ヘビの魔物だった。

可愛らしい表情ではあるんだが、腕に巻き付いたまま首元に顔が届くくらいには長い。

とはいえまだまだ子どもだと言うことは、テイムしたことでよくわかる。

かれんの【鑑定】で正体もわかっているんだが……。

「ククルカン。神獣だな」

「ヘビ……苦手だけどちょっと可愛いわね、この子は」

美衣奈がそう言って恐る恐る撫でると、じゃれつくように美衣奈にまとわりついていった。

代々神獣であるこの子たちが、病魔の瘴気を発生しやすいこの地域の守り神になっていた。

ただ、まだ幼いこいつは瘴気を吸収しすぎた結果自分が飲み込まれて、化け物のような体になったということだった。

スライムは本当に、瘴気が固まったものだったってことだな。

「クルー！」

「また神獣が増えたのか」

「ルルちゃんのいい遊び相手になりそうですよね」

スライムに取り込まれていたとはいえ、あの化け物の強さの核でもあったからこの状況でも相当強い。

俺たちにもやっぱりその恩恵は巡って来ていた。

美衣奈とかこれ以上持て余すようになったらどうなるのかと恐ろしくなるな。

「何よ」

「いや……」

相変わらず睨んでくる美衣奈だが、物理的には距離を詰めてくる。

わからない……。

わからないんだけどまあ、今はいいとしよう。

そんなことをのんびり考えていると……。

「遥人《はると》くん。お客さんみたいですよ？」

「え？」

かれんが示した方向にいたのは……。

「日野……？」

「あはは。やっほやっほ」

力なく笑いながら、日野がこちらにやってきた。

「美衣奈に用事か？」

そう思ってまとわりついていたヘビを回収して立ち上がったんだが……。

「んーん！　筒井《つつい》くんに言いたいことがあって来たの」

「え……？」

「あのね……」

うつむいて、少し溜めてから、日野が顔をあげてこう言った。

「ごめん！」

上がったと思った顔がすごい勢いで下げられる。

こちらに風が届くかと思うほどの勢いで髪が振り回されていた。

「あのとき、美衣奈を取られたみたいに思って……しかも筒井くんにそんな気なかったのに、私が怖がったせいでその……」

「あー……」

きっかけは確かに日野だったかもしれないけど……。

「いいよ。むしろ日野以外のみんなも怖かったからこうなっただけで、結果的には別に困らなかったというか……」

「ボクたちがいましたからねー」

茶化すように言うかれんだが、精神的に支えになったのは間違いないな。

「そっか……でも、謝りたくて」

「わざわざありがと。もう気にしないでいい」

それだけ言って、俺の用は終わった。

だから……。

「美衣奈、なんか話したいんだろ？　行ってきていい……というか、俺たちが離れようか？」

「ごめん！　ちょっと行く。行くよ！　恵《めぐむ》」

「えっ⁉　ちょっと私そんなスピードで走れないから⁉」

あっという間に日野を連れて美衣奈が消えていった。

「何話すんでしょうね」

「まあ色々積もる話もあるだろ」

異世界に来て、俺たちが別行動を始めたのは本当にすぐだったからな。

ずっと一緒にいた親友同士だ。

話すことはいくらでもあるだろう。

「ふふ。ボクにはなんとなく、なんの話してるかわかりますけどね」

かれんは笑いながらそう言っていた。

◇美衣奈視点

「はぁ……はぁ……もう限界……」

「あ、ごめん……」

ぱっと日野の手を離す美衣奈。

「あはは。なになに。聞かれたくない話？」

すぐ切り替えた恵に美衣奈は、先ほど遥人に日野がしたのと同じように、バッと頭を下げた。

「ごめん」

「え？」

「元々遥人が好きだったの。幼馴染で、いいところもたくさん知ってて、でも……

恥ずかしくて素直になれなかったせいでこうなった」

「あー」

真剣な表情の美衣奈に反して、日野はニヤニヤしながらこう答えた。

「私も今ならその良さとか、かっこよさとか、ちょっとわかっちゃうなぁ」

「なっ⁉」

「あはは。で、テイムに乗じて仲良くなろうと思ってたせいで、私たちみんなテイムが怖くなっちゃったってことかー」

「……うん」

もし遥人がかれんにだけテイムをかけていたのなら、確かにクラスメイトもここまで忌避感を感じなかったかもしれない。

住む世界の違うカースト最上位の美少女、望月《もちづき》美衣奈をテイムして、その結果がこれだったからこそという部分はあるだろう。

だから美衣奈は、日野に必要以上に責任を感じてほしくないし、自分にも原因があると考えていた。

「なるほどねー。じゃあテイムって別に、怖くないいんだ」

「そう！　遥人は悪くないし！　むしろ遥人のテイムのおかげでこんなに強くなっ

たし」

遥人の魅力を必死にアピールする美衣奈だが……。

「じゃあ別に、私もテイムされちゃってもいいかも？」

ニヤニヤして日野が言う。

「なっ⁉」

「私も強くなったほうが役に立てそうだし……まあもう、筒井くんならいいよね、色々」

「ま、待って⁉　それはちょっと話が……」

「えー。でもさっきは必死に筒井くんの良さを教えてくれてたのにー」

「あれはっ……違っ！　あいつ小学生までおねしょしてたからやめたほうがいいから！」

「あはは」

必死になる美衣奈が可愛くて、そんなやり取りがまたできたことが楽しくて日野が笑う。

美衣奈は美衣奈で必死なようだったが、とにかく二人の仲はこうして解決できたようだった。

◇

「父の失態を考えるなら、やはり私も辞退しなければならないと考えるよ」

「いえ、その必要はありませんよ？」

なぜかうちの領地の応接間に集まったフィリアとロイスがそんな会話を繰り広げる。

驚いたことにヴィクトまで来ていて、レシスさんやサクハは対応に追われ続けていた。

「ロイスさん、あなたは確かに、アイアード公爵家の跡継ぎとして生活してきましたが……本来のロイスさんは別人ですもんね？」

「え……？」

フィリアの意図がわからずに困惑していると、ロイスが笑った。

「そんな理由を押し通すんですか？」

「ええ。本来は女性だったあなたを男子として跡継ぎに持ち上げた……。あなたもそれに応える努力はしてきましたが……今回はそれを悪用しようかと思いまして」

いたずらっぽくフィリアが笑う。

ヴィクトの様子を見ると周知の事実だったのかもしれないが……。

「女だったのか⁉」

「あ、遥人くんは気づいてなかったんですか？」

「え、俺だけだったのか気づいてないの……」

「普段のきっちりしてるときじゃ気づくのも難しいけど、泣きながら領地に飛び込んだりしてきたときの様子を見てたらわかりそうなものだけど……」

かれんも美衣奈も知っていたらしい。

まじか……。

「ですが、いくら男女が違ったからと言って、私が父の子だったことに変わりはないです」

「それでも、ですよ。父に抑圧されたあなたはもういない。父とは全く違う領主になれる。領民もそれを望むはずです」

「そう言ってもらえるのであれば……」

結局ついていけていないのは俺だけだったようで、そのまま細かい話に入っていく。

功績を考えればむしろアイアード領の一部も俺たちが管理するかなんて話も出たのだが、俺たちは使い魔たちが困らなければいいと言って断った。

ロイスももし使い魔が増えたら受け入れると言ってくれているしな。

ひとまずそんなこんなで、話はひと段落したのだった。

◇

「はぁー！　やっぱいいな！」

「俺たちも一緒でよかったんすか⁉」

「当たり前だろ。リッドのおかげなんだから」

温泉。

俺のわがままで頼んでいた鉱脈の調査も、リッドは完璧にこなしてくれていた。

美衣奈の魔法で掘って、使い魔たちに工事してもらって源泉を引いてきた天然温泉だ。

ダランが張り切って室内風呂も作ってくれているが、いったんは露天風呂。

男女は分けて、女性用は周囲を囲んで一応仕切りを作ってはいる。

声はなんとなく漏れ聞こえてくるんだが、まあ気にしないことにしよう。

◇美衣奈視点

「いやー。生き返りますねぇ」

かれんが気持ちよさそうに伸びをする。

それだけで普段抑え込んでいる二つのふくらみが強調されて、思わず隣にいた日野が目を見開いていた。

「なんか……色々すごいね」

「恵からしたらかれんがメガネ外してるのも新鮮かもしれないわね」

「そう！　こんな可愛かったんだってびっくりしたから！」

「ええ……」

ぐいぐい来られて生粋のコミュ障を発揮しそうになるかれん。

と、そこに遅れてまた、タオルに身を包んで何人かやってきた。

「私なんかが一緒で良かったのでしょうか」

「それを言うなら私です……」

「あはは。まあそういうことを気にする方は多分いないと思いますよ」

ロイス、サクハ、フィリアがやってくる。

「誰でも使えるように、ってことだったたし、サクハさんはもっと広めてきてもらっていいわ」

「使用人が一緒というのはなかなか……」

「使用人でもなんでも気にしなさそうな人が領主ですし、なんならサクハさんはお嫁さん候補でしたよね？」

「それはっ⁉」

赤くなってサクハが慌てる。

「お嫁さん⁉」

美衣奈にまで被弾したらしく慌てているがこの辺はいつも通りだろう。

いつもと違うのは……。

「……できれば私もどさくさで、ハルト殿の妾《めかけ》にでもなりたかったんだけどね」

「はぁ⁈」

「まあ、政略結婚としてはありかもしれませんが……夫婦で領主というのはなかなか聞きませんね」

フィリアは呑気にそんなことを言っているが美衣奈は気が気ではない。

とはいえ周囲はそんなに気にする素振りもなく話を続ける。

「女領主でもよかったんですねぇ、エルムントって」

「そうですね。数が少ないだけです」

慌てている美衣奈が素直になるだけで色々と問題は解決するのだが、美衣奈だけはそれに気づかず、周りも今はまだ、特に大きな動きもなく平和に話を続けていたのだった。

◇

結局今回の一件は災厄級の事態になりかけてはいたが、俺たちが帰るきっかけになるものはまた別だったらしい。

つまり今まで通りだ。

俺たちはこのまま領地開拓と運営をしながら、ひとまずメフィリスとの約束を果たすために力を増していかないといけない。

まあもう、今回テイムしたククルカンや虹竜のルルが強くなるだけでも変わりそうではあるんだけどな。

俺たちはそんな形で、クラスメイトたちは引き続き災厄に備えて準備を続けるということだった。

日野曰くどうも原田《はらだ》がやらかしていたらしいのだが、その件はいったん保留ということでそこも含め今まで通り。

だがそれでも、居心地は悪いだろうということだった。

いずれ日野には難波《なんば》たちのことも話さないといけないだろうな。

それはまあいったんいいとして……。

「恵。ほんとに？」

「うん。というより、そのうちこっちがメインになるんじゃない？　みんなも来たそうだし」

「それをやるにはもうちょい準備がしたいな……」

日野の強い希望により、日野だけは生活拠点を王宮から俺たちの領地に移すということになったのだ。

回復魔法師《ヒーラー》が領地にいるというのはまあ大きいは大きいし、そういう意味では助かる。

のだが……。

「家、また作らないとか」

「いや、私別にあんな豪華な家いらないからね!?」

とはいえダランが腕まくりをしているのでそのうち増えるんだろう。

「他のクラスメイトたちもその内受け入れられないの？」

「んー……まあそれはおいおい、だな」

美衣奈の親友ということで日野はまあいいけど、クラスメイトが増えても疲れるというか……やりづらい。

いやまあ俺たちはそのうち転々とし始めるという意味では誰かに任せるのもありなのかもしれないけど、それも含めおいおい、だろう。

「なんだかんだ楽しいですねー。異世界」

かれんはいつも通りのテンションだ。

珍しく美衣奈も笑って……。

「そうね」

そう言って同意した。

美衣奈は元の世界に帰りたい気持ちが俺やかれんよりは強いかと思っていたが、

少し変わりつつあるのかもしれない。

わけもわからず領主なんかやることになったけど、なんだかんだこれからも、楽しく過ごすことはできそうだった。

あとがき

お久しぶりです。すかいふぁーむです。

二巻ということで、無事にまたお会い出来て嬉しいです！

二巻発売と合わせてコミカライズも一巻が発売なので、そちらもぜひよろしくお願いします！

さて、一巻でクラスメイト二人と王子を相手にした主人公たちでしたが、今回は他のクラスメイト達にも焦点を当てる形になりました。

追いやられた主人公たちが逆に中心になっていく……ということでクラスメイトたちも色々考えるんだろうなーとか考えながら書きました。

楽しんでいただけたら幸いです！

ところでテイマーものの作品をたくさん書いているんですが、我が家はリアルでもペットが大量にいます。

最後に出てきた子もモデルはうちに十四以上いるヘビです。

あまりに増えてきたのでペットカフェとして展示・触れ合い出来るようにすることにしました。

目玉はビントロングという珍獣です。

たまにツイートしてるのでぜひチェックしてみてください笑

最後になりましたがイラストを担当いただいた片桐先生！　前回に引き続き素敵なイラストをありがとうございました！

またいつも丁寧に進行いただいてる担当編集さんをはじめ、数多くの関わっていただいた方々に感謝を。


そして本書をお手に取っていただいた皆様に最大限の感謝を申し上げます。

本当にありがとうございます！

引き続きコミカライズと併せてぜひ、よろしくお願いします。

すかいふぁーむ

Jノベルライト文庫

◆最高の仲間と最強を目指す物語、ここに開幕!!

転生竜騎の英雄譚

～趣味全振りの装備と職業ですが、異世界で伝説の竜騎士始めました～

〔著〕八茶橋らっく〔イラスト〕ひげ猫

　大学生の照日翔は、ゲーム「Infinite World」のもととなった異世界で竜騎士カケルとして転生。相棒の爆炎竜アイナリアと冒険者として生きていこうと決意した。

　そんな矢先、ゲームと違い自身が冒険者ギルドに所属していないことが発覚。カケルはアイナリアや、道中で救った王の隠し子ラナと共に、再び最低のＦランクから上位の冒険者を目指す。

　力を付けるなか、カケルは神様から最強の人造魔導竜ハーデン・ベルーギアの討伐を依頼された。

　はたしてカケルは難敵に勝ち、最上位冒険者となれるか…！

　蒼穹の世界で最強の竜騎士の伝説が今、始まる――。

発行 / 実業之日本社　定価 /770 円（本体 700 円）⑩　ISBN978-4-408-55729-8

Jノベルライト文庫

異世界《いせかい》でテイムした最強《さいきょう》の使《つか》い魔《ま》は、幼馴染《おさななじみ》の美少女《びしょうじょ》でした 2

2023年9月1日　初版第1刷発行

著　者　すかいふぁーむ
イラスト　片桐《かたぎり》
発行者　岩野裕一
発行所　株式会社実業之日本社
〒107-0062　東京都港区南青山6-6-22
emergence 2
電話（編集）03-6809-0473
（販売）03-6809-0495
実業之日本社ホームページ　https://www.j-n.co.jp/
印刷・製本　大日本印刷株式会社
装　丁　AFTERGLOW
D T P　ラッシュ

ISBN978-4-408-55825-7（第二漫画）